Hildegard Krug

Weihnachtsgäste bei Wisselmanns

28 Kindergeschichten
zum Vorlesen in der Advents-
und Weihnachtszeit

Verlag der
St.-Johannis-Druckerei
C. Schweickhardt
Lahr-Dinglingen

Ein weiteres weihnachtliches Vorlesebuch von Hildegard Krug mit den Erlebnissen der Familie Wisselmann, von der schon in den TELOS-Kindertaschenbüchern
»Sterne leuchten im Advent« (Nr. 3018)
»Es weihnachtet wieder bei Wisselmanns« (Nr. 3029)
»Es wichtelt ganz heimlich bei Wisselmann« (Nr. 3033)
»Neue Erlebnisse der Familie Wisselmann« (Nr. 3039)
erzählt wurde.

ISBN 3 501 00264 5

TELOS-Kindertaschenbuch Nr. 3042
Umschlagbild: Archiv
© 1983 by Verlag der St.-Johannis-Druckerei C. Schweickhardt
Lahr-Dinglingen
Gesamtherstellung:
St.-Johannis-Druckerei, 7630 Lahr-Dinglingen
Printed in Germany   8115/1983

Inhalt

Der 1. Advent:
  Die Wisselmännchen auf dem Segensweg ... 7
Montag nach dem 1. Advent:
  Wenn der Wima-Hilfsdienst tagt ... 13
Dienstag nach dem 1. Advent:
  Oma Gramlich kommt nicht mit ... 24
Mittwoch nach dem 1. Advent:
  Beinah wie im Märchen ... 28
Donnerstag nach dem 1. Advent:
  Flo fällt etwas ein ... 32
Freitag nach dem 1. Advent:
  Die Wisselmann-Mädchen in der Klemme ... 37
Samstag nach dem 1. Advent:
  Annelore in Adventsstimmung ... 41
Der 2. Advent:
  All unsre Not zum End er bringt ... 45
Montag nach dem 2. Advent:
  Dietmar ist hartnäckig ... 53
Dienstag nach dem 2. Advent:
  Ein unerwarteter Besucher ... 58
Mittwoch nach dem 2. Advent:
  Wenn man Tiere liebt 63
Donnerstag nach dem 2. Advent:
  Der Missionsabend ... 69
Freitag nach dem 2. Advent:
  Ein Gespräch im ›Süßen Eck‹ ... 74
Samstag nach dem 2. Advent:
  Was ist los mit Elena? ... 80
Der 3. Advent:
  Lichtträger ... 86

Montag nach dem 3. Advent:	
Gerhard macht Vorschläge	91
Dienstag nach dem 3. Advent:	
Wozu Taschendiebe gut sein können	96
Mittwoch nach dem 3. Advent:	
Ausgerechnet dieser Dietmar!	101
Donnerstag nach dem 3. Advent:	
Eine unglaubliche Neuigkeit	106
Freitag nach dem 3. Advent:	
Wer hilft Anni?	111
Samstag nach dem 3. Advent:	
Heiko hat es schwer	115
Der 4. Advent:	
Ein Fest, das man nicht vergißt	119
Montag nach dem 4. Advent:	
Hella weiß Rat	134
Dienstag nach dem 4. Advent:	
Für Silvia wird alles anders	137
Mittwoch nach dem 4. Advent:	
Annelore im Dornwald	142
Donnerstag nach dem 4. Advent:	
Ein bitterer Tropfen im Freudenbecher	147
Freitag nach dem 4. Advent:	
Dietmars Trick	151
Der Heilige Abend:	
Noch zwei Weihnachtsgäste?	156

Der 1. Advent

Die Wisselmännchen auf dem Segensweg

Familie Wisselmann schickt sich wieder an, die Adventszeit zu begehen. Aber diesmal ist alles anders, denn das ist nun die erste Adventszeit, die sie in ihrem neuen Haus im Heckenweg erleben. Alle fünf sitzen gemütlich beisammen im Wohnzimmer und blicken auf den stillen Glanz der ersten Kerze am Adventskranz.

Vom Wohnzimmer führt eine Schiebetür nebenan ins Eßzimmer. Wenn man viele Gäste hat, kann man sie offenlassen; dann hat man einen einzigen großen Raum. Vom Eßzimmer zur Küche gibt es eine Durchreiche. Das ist eine nützliche Einrichtung, denn so kommen die Speisen aus der Küche ohne Wärmeverlust direkt auf den Eßtisch.

Auch sonst ist das Haus sehr praktisch eingerichtet. Es hat viele Einbauschränke, – in der Küche, in den Fluren und in den Zimmern der Kinder. Im unteren Stockwerk befindet sich noch das Arbeitszimmer des Vaters und ein Bad.

Der Oberstock beherbergt das Elternschlafzimmer, die drei Kinderzimmer und noch ein Badezimmer. Jedes der Kinder hat sein eigenes Waschbecken im Zimmer, so können sich alle zur gleichen Zeit waschen und niemand braucht auf den andern zu warten.

Hanneli, das jüngste Wisselmännchen und jetzt 11 Jahre alt, bricht zuerst das Schweigen beim Adventsfeierstündchen im Wohnzimmer. »Wißt ihr was? Das

Schönste in unserm neuen Haus ist der große Hobby-Raum im Keller!« ruft sie voller Begeisterung.

»Das ist kein Keller«, belehrt sie die sechzehnjährige Schwester Hella. »Du weißt doch, daß unser Haus an den Hang gebaut ist. Der Keller liegt nach hinten zu, und der Hauseingang ist an der Seite. Von der Straße aus kann man direkt in die Garage fahren und neben der Garage ist unser Hobby-Raum.«

»Ja, der ist Klasse«, fällt der vierzehnjährige Hartmut ein. Übrigens, was machen wir diesmal? Im vorigen Jahr haben wir Strohsterne gebastelt und verkauft und von dem Geld eine Weihnachtsfeier für Behinderte veranstaltet; vor zwei Jahren haben wir gewichtelt; vor drei Jahren haben wir uns Geschichten erzählt, und vor vier Jahren haben wir ein Fenster mit Sternen beklebt. Was tun wir in diesem Jahr?«

»Nun, das ist klar«, meint Lehrer Wisselmann. »Wir haben etwas geschenkt bekommen, unser Eigenheim, das Wisselnest. Und wenn man etwas geschenkt bekommen hat, was tut man dann?«

»Dann sagt man dankeschön«! ruft Hanneli voller Eifer.

»Sehr richtig«, lächelt der Vater. »Und nicht nur richtig, sondern auch wichtig! Denn der Weg des Dankens ist der Weg des Segens, wie es in dem bekannten Ausspruch heißt: ›Bleiben wir am Danken, so bleibt Gott am Segnen.‹ Auf diesem Segensweg wollen wir immer bleiben, nicht wahr? Wir haben soviel Grund dazu.«

Hanneli und Hartmut sind ganz einverstanden; nur Hella runzelt die Stirn. »Bloß danken, Vati? Ist das nicht ein bißchen wenig?«

»Echter Dank wird immer zur Tat. Merk dir das, mein Mädchen!« erklärt Vater Wisselmann.

»Oh, ich weiß schon, was wir tun«, sprudelt Hanneli

hervor. »Wir machen es so, wie es in meinem liebsten Adventslied ›Macht hoch die Tür‹ heißt: ›Komm, o mein Heiland Jesu Christ, meins Herzens Tür dir offen ist.‹ – Diesmal machen wir aber nicht nur die Herzenstür auf, sondern auch die Haustür, die Tür von unserm Wisselnest, damit der Heiland einziehen kann. Er soll immer bei uns wohnen.«

Jetzt lebt auch Hella auf. »Ja, und sichtbar kann er nur zu uns kommen in Menschengestalt – als einer der geringsten Brüder! Darum soll unser Wisselnest ein ›Haus der offenen Tür‹ sein. Wir wollen Gäste zu uns einladen – besonders jetzt in der Weihnachtszeit: Einsame, Arme, Alte, Behinderte.«

»Ja, nicht wahr, wir wollen unser neues Heim dem großen Adventskönig Jesus Christus weihen«, fügt Frau Wisselmann hinzu. »Er soll der Herr in unserm Hause sein.«

Das möchten alle Wisselmännchen. Doch dann fragt der Vater: »Wißt ihr auch, was das bedeutet? – Die bekannte holländische Evangelistin Corrie ten Boom erzählt in einem ihrer Bücher, sie hätte einmal in der Schweiz einen Vortrag von Dr. Oswald Smith gehört. Er hielt vier Bücher in der Hand und fragte seine Zuhörer: ›Ist alles auf dem Altar? Haben Sie Gott Ihre Zeit, Ihr Geld, Ihre Verwandten, Ihr Haus übergeben?‹ – Er legte die vier Bücher auf den Tisch und fuhr fort: Hier ist mein Geld, meine Zeit, meine Verwandtschaft, mein Haus. – Jawohl, mein Haus – aber die Kinder meiner Schwester, die krank ist, will ich nicht darin haben; sie sind so wild, ich kann sie nicht zu Besuch haben.‹ – Nach diesen Worten nahm Oswald Smith eines der Bücher weg. Zuletzt war der Tisch – der ja den Opferaltar verkörpern sollte – leer.

Seht, Kinder, Gott duldet keine halben Sachen und

keine halben Entschlüsse; ein halbes Opfer nimmt er nicht an. Wenn wir ihm unser Haus weihen und zur Verfügung stellen, ist es gut möglich, daß er uns eines Tages Menschen ins Haus schickt, die uns vielleicht nicht so gut gefallen.«

»Vielleicht einen Landstreicher«, überlegt Hanneli. – »Ach, diese Tippelbrüder sind meistens gutmütig«, meint Hartmut. »Aber was würdest du zu der Witwe Silbersiepe und ihrem Zwergschnauzer Fanny sagen?«

Hanneli verzieht das Gesicht und kichert dann. Ja, vor einem Jahr hatten die Wisselmännchen mit dieser Frau Silbersiepe ein Erlebnis, das sie noch nicht vergessen haben . . .

»Also bitte, nichts gegen Frau Silbersiepe«, mischt sich hier Hella ein. »Sie hat immerhin mehrere Strohsterne bei uns bestellt. Und wenn sie uns im Wisselnest besuchen will, soll sie uns willkommen sein. Aber keine Angst, sie wird nicht! Der Weg ist ihr zu weit. Dennoch hoffe ich, daß wir Advents- und Weihnachtsgäste bekommen werden – viele Gäste! Wir haben ja noch drei Adventssonntage und an jedem wollen wir uns Gäste einladen.«

Die Mutter seufzt leise. »Muß das unbedingt jetzt sein, Hella? Ich bin ja sehr für Gäste, aber der Umzug und das Einrichten der neuen Wohnung haben doch viel Kraft gekostet. Man wird eben leider nicht jünger.«

Hella springt vom Sofa auf und eilt zu ihrer Mutter, die in einem Sessel sitzt. Zärtlich legt sie ihr den Arm um die Schultern. »Du sollst doch keine Arbeit haben, Mutti! Dafür sind wir doch da, wir alle vom Wima-Hilfsdienst. Wozu haben wir denn da unten unser eigenes Reich? Das machen wir alles ganz allein, auch das Plätzchen-Backen. Unsern Hobby-Raum, den wollen wir jetzt ›Clubraum‹ nennen, das ist kürzer und klingt netter.«

»Ja, aber die alten Leute, die könnt ihr doch nicht dort bewirten, die brauchen mehr Bequemlichkeit, die müssen hier ins Wohnzimmer und ins Eßzimmer«, fällt Frau Wisselmann ein.

Hella lächelt sie strahlend an. »Gewiß, ganz wie du willst, Mutti. Für morgen nachmittag rufen wir den Wima-Hilfsdienst zusammen. Dann wird alles Nähere besprochen.«

»Das ist recht«, lobt Herr Wisselmann. »Und nun noch etwas, ihr Kinder. Es bleibt also dabei, daß ihr euch zu Weihnachten zusammenklappbare Tische und Stühle für den Club-Raum wünscht?«

»Ja-a!« rufen die Wisselmännchen wie aus einem Mund.

»Nun, dann werde ich sie so bald wie möglich bestellen, dann kriegt ihr sie vielleicht noch vor Weihnachten.«

Darüber sind die Wisselmännchen hocherfreut. Ein jedes macht sich jetzt an seine Sonderaufgaben: Hella geht der Mutter in der Küche zur Hand, Hanneli deckt den Tisch, und Hartmut läßt überall die Rolläden herunter. Doch Hella ist ein bißchen zerstreut und mit ihren Gedanken weit fort. Sie muß die ganze Zeit an morgen denken und an das große Treffen vom Wima-Hilfsdienst.

Montag nach dem 1. Advent

Wenn der Wima-Hilfsdienst tagt

Hella Wisselmann steht wie ein Feldherr mitten im Clubraum und gibt ihre Anweisungen. – »Mutti hat recht gehabt«, murmelt sie vor sich hin. »Für die Alten wäre es hier nicht recht gemütlich.«

Der Clubraum ist wohl warm, denn er ist an die Ölheizung angeschlossen, und ausreichend beleuchtet ist er auch. Aber sonst wirkt er doch etwas kahl. An einer Wand steht ein hohes schlichtes Regal, das von großem Nutzen sein wird. Dann hat Hella einige schöne Poster an die Wände geheftet. Es sind meistens Jahreslosungen der letzten Jahre. Ein alter Tisch in der Mitte, einige Schemel – das ist die ganze Einrichtung.

Hartmut und Hanneli sind dabei, Stühle herbeizuschaffen. »Ob das reichen wird?« überlegt Hella und runzelt die Stirn.

»Soll ich schnell zu Daleks rüberlaufen und noch ein paar Schemel leihen?« fragt Hanneli. »Sie sind ja unsere nächsten Nachbarn.«

»Hol lieber noch ein paar Kissen runter«, schlägt Hella vor. »Du und Ellen und Flo – ihr könnt gut auf Kissen sitzen, ihr habt noch keine so langen Beine. Ich habe auch unsere Freunde vom Wima-Hilfsdienst aufgefordert, noch Kissen oder auch Schemel mitzubringen. Brunners und Henny Fiedler und Alf Rodewald und Markus Ahlrich kommen bestimmt mit dem Wagen. Da ist es ganz einfach.« –

Draußen brummt schon ein Auto. »Sie kommen!« ruft Hanneli und stürzt hinaus.

Es sind die drei Geschwister Brunner vom Brunnenhof in Niederbimbach, die als erste eintrudeln. Der älteste Sohn Stefan hat den Wagen gesteuert. Er ist jetzt 19 Jahre alt und besucht die letzte Klasse des Realgymnasiums. Sein Bruder Hubert ist 17 und die Schwester Silvia 13 Jahre. Seit einem Reitunfall ist Silvia gelähmt und kann sich nur im Rollstuhl fortbewegen.

Nun stellen sich Hartmut Wisselmanns Freunde Gerhard Röder und seine beiden Klassenkameraden Hannes Klein und Bernd Riesinger ein. Hellas Freundinnen Annelore Wienhold und Gudrun Winter lassen nicht lange auf sich warten, ihnen folgt Hannelis italienische Freundin Elena. Auch Direktor Piepenbrinks Kinder Dietmar und Florence sind pünktlich zur Stelle. Zuletzt erscheinen die erwachsenen Mitarbeiter vom Wima-Hilfsdienst: die querschnittgelähmte Lehrerin Henny Fiedler und ihre Freundin Rosedore Dohm, die ohne Arme zur Welt gekommen ist und außerdem noch der Student Alf Rodewald, der bei einem Autounfall ein Bein verloren hat, mit seinem Freund Markus, dem Sohn des Bauunternehmers Ahlrich.

Nachdem alle ein Plätzchen im Clubraum gefunden haben, eröffnet Hella die Sitzung, indem sie die Gäste herzlich begrüßt. »Diese Adventszeit soll ganz im Zeichen des Dankens stehen!« ruft sie. »Weil wir nämlich so dankbar sind für unser neues Heim, das Wisselnest.«

Nach diesen Worten wird eifrig Beifall geklatscht. Dann fährt Hella fort: »Unser Haus soll dem großen Adventskönig Jesus Christus geweiht sein. Es soll auch ein ›Haus der offenen Tür‹ werden. Besonders in dieser Advents- und Weihnachtszeit wollen wir uns viele Gäste einladen: Arme, Alte, Behinderte. Das soll die neue Aufgabe sein für den Wima-Hilfsdienst.«

»Sollen wir etwa wieder Strohsterne basteln und verkaufen wie im vorigen Jahr, damit wir von dem Geld Geschenke für die Behinderten besorgen können?« fragt Gerhard Röder leicht bestürzt.

»Aber nein«, beruhigt ihn Hanneli. »Mein Vater hat mal gesagt – ich glaube es war im vorigen Jahr –, daß man sich niemals wiederholen soll, sonst wird es nämlich langweilig.«

»Wir sind ja auch das ganze Jahr unermüdlich tätig gewesen«, erinnert Dietmar Piepenbrink. Er gehört nicht gerade zu denjenigen, die sich um die Arbeit reißen!

»Ja, das sind wir«, bestätigt die junge Lehrerin Henny Fiedler. »Wir haben einen elektrisch gesteuerten Rollstuhl besorgen können für den spastisch gelähmten Jungen.«

»Und dann haben wir das Behelfsheim bei Frau Dalek ausgebessert«, fällt Alf Rodewald ein. »Das haben wir vor allem dir zu verdanken, Markus«, fügt er hinzu und klopft dem Sohn vom Bauunternehmer Ahlrich auf die Schulter.

»Wir haben zu tun versucht, was möglich war«, sagt Markus Ahlrich. »Vielleicht hält das Häuschen noch ein paar Jahre. Aber ein Behelfsheim bleibt eben ein Behelfsheim. Da wird niemals ein Bungalow draus, ja, nicht einmal ein normales Einfamilienhaus.«

»Ein so großes Behinderten-Fest wie im vorigen Jahr können wir gar nicht veranstalten«, erklärt Hella. »Damals haben wir im Gemeindesaal gefeiert. In unserem Clubraum können wir nicht so viele Gäste unterbringen. Darum wird in diesem Jahr alles ein wenig bescheidener sein. Wir laden dafür öfter mal Gäste ein, denn wir haben ja noch drei Adventssonntage vor uns.«

Rosedore Dohm fängt an aufzuzählen. »Einmal die

Behinderten, einmal die Alten – und wer kommt dann noch an die Reihe?«

»Wenn wir ein Fest für die Alten geben, müssen wir auch eines für die Jungen haben!« ruft Bernd Riesinger.

»Das finde ich gut«, stimmt Alf Rodewald zu. »Unser Wima-Hilfsdienst muß ja schließlich auch seine Weihnachtsfeier haben, und die legen wir auf den 4. Advent. Wir können noch den einen oder andern Gast dazu einladen und unsern Wima-Hilfsdienst dadurch vergrößern.«

Hella hat einen bereitliegenden Notizblock und einen Kugelschreiber ergriffen und macht sich eifrig Notizen. »Unsere Ziele sind also klar«, murmelt sie. »Feier für die Jungen, Feier für die Alten, für die Behinderten – halt! Wer kommt zuerst dran von diesen beiden Gruppen?«

»Natürlich die Alten«, erklärt Hanneli in bestimmtem Ton.

»Warum denn?« erkundigt sich Hellas hübsche, blonde Freundin Annelore Wienhold.

Hanneli blickt sie mit großen Augen an. »Ist dir das nicht klar? Die Alten darf man nicht warten lassen. Sie könnten ja sonst sterben. Im Sommer wollten wir gern noch unsern Onkel Paul besuchen im Altersheim ›Abendruh‹. Doch es kam immer was dazwischen. Dann kriegte er ganz plötzlich einen Schlaganfall und ist nicht mehr zu sich gekommen.«

Hella kritzelt eifrig auf ihrem Notizblock herum. »Also am 2. Advent die Alten-Weihnachtsfeier . . . Die soll aber nicht hier unten im Clubraum stattfinden, sondern oben, weil es dort gemütlicher und bequemer ist. Den Clubraum richten wir uns ja erst nach und nach behaglich ein.«

»Eine Weihnachtsfeier für die Alten und für die Behinderten ganz ohne Geschenke?« fragt Gudrun Winter zögernd. »Ob sie da nicht ein wenig enttäuscht wären?«

»Ich denke schon, daß es uns gelingen wird, für jeden eine kleine Überraschung vorzubereiten«, meint Henny Fiedler, die junge Lehrerin. »Ihr wißt ja, daß beim Schenken nicht in erster Linie der Geldwert des Geschenkes zählt. Es kommt dabei auf die Liebe an und auf die Phantasie, die Schwester der Liebe. Wir sind ja viele. Wenn jeder – seinen Gaben und Kräften entsprechend – eine Kleinigkeit beisteuert, kriegen wir bestimmt genug zusammen, um ein paar schöne Feste vorzubereiten. Dabei dürfen wir nicht vergessen, daß zu einem gelungenen Fest auch geistige Genüsse gehören, zum Beispiel Musik oder eine hübsch erzählte Weihnachtsgeschichte oder ein Gedicht.«

»Unsere Gäste werden auf jeden Fall ihre bunten Teller bekommen«, verspricht Hella. »Hanneli und ich werden die Plätzchen backen.«

»Daran möchte ich mich auch beteiligen«, erklärt Gudrun Winter.

»Und ich«, fügt Annelore Wienhold, Hellas zweite Freundin, hinzu.

»Schreib noch meinen Namen dazu«, sagt Henny Fiedler. »Ich könnte auch noch eine Weihnachtsgeschichte vorlesen.«

»Und ich könnte singen«, fällt Annelore rasch ein und wird ein bißchen rot dabei. »Seit einiger Zeit erhalte ich nämlich Gesangunterricht an der Städtischen Musikschule.«

Hellas Kugelschreiber kommt gar nicht zur Ruhe. »Sehr gut«, nickt sie. »Außerdem können Gudrun und ich etwas auf der Flöte vorspielen.«

»Und ich könnte die Gäste mit ein paar lustigen Zauberkunststücken unterhalten«, meldet sich Bernd Riesinger zu Wort.

»Wir haben eine gute Apfelernte gehabt auf dem Brunnenhof«, erzählt Stefan Brunner. »Auch unser Walnußbaum hat gut getragen. Wir werden also die Äpfel und Nüsse für die Weihnachtssteller stiften.«

»Aus Äpfeln, Nüssen, ein bißchen Krepp-Papier und ein bißchen Watte lassen sich übrigens reizende Weihnachtsmännchen basteln«, verrät Silvia Brunner.

»Wir Jungen in der Jungschar wollen in diesem Jahr aus Kerzenresten neue Kerzen gießen und sie hübsch verzieren«, berichtet Hartmut Wisselmann.

»Und ich kann gut stricken – ich stricke Eierwärmer!« verkündet Hannelis italienische Freundin Elena.

»Ich spende Apfelsinen«, verspricht Alf Rodewald.

»Und ich werde Sahnebonbons und Trüffel machen, zusammen mit unserm Hausmädchen Marion«, frohlockt Florence Piepenbrink, die für gewöhnlich ›Flo‹ genannt wird.

»Gut, dann bettle ich Geld zusammen bei den zahlreichen Freundinnen meiner Mutter«, grinst ihr Bruder Dietmar.

»Ich könnte ein Gedicht vortragen«, schlägt die Studentin Rosedore Dohm vor.

»So schnell komm' ich gar nicht mit – meine Hand tut mir schon weh«, stöhnt Hella.

Hubert Brunner schlägt sich vor die Stirn. »Mensch, Stefan, fast hätten wir's vergessen. Die Oberackers vom Jörgeshof lassen herzlich grüßen. Sie gehören ja eigentlich auch zu unserm Kreis, aber heute konnten sie nicht weg. Eine Kuh wird nämlich kalben. Aber sie wollen Eier spenden für die Weihnachtsbäckerei und auch noch drei Würste.«

»Und wo ist unser anderes junges Paar, die Heidekamps?« erkundigt sich Henny Fiedler.

»Die sind auch verhindert«, erklärt Hella. »Sie haben

am Telefon gesagt, daß sie 50,– DM stiften wollen für Weihnachtsgeschenke oder so.«

»Großartig!« freut sich Markus Ahlrich. »Dann spende ich die gleiche Summe.« Da lächelt sein Freund Alf Rodewald, denn er ist der Kassenwart des Wima-Hilfsdienstes.

»An kleinen Geschenken für unsere lieben Gäste wird es also nicht fehlen«, stellt Hella fest. »Und nun zu der nächsten wichtigen Frage: wen laden wir zu unserem Alten-Fest ein?«

»Tante Hundertmark und Oma Gramlich«, sprudelt Hanneli rasch hervor.

»Frau Hinkelmeier, die Missionsfreundin vom Hekkenweg«, sagt Hartmut.

Auch Hella weiß etwas: »Unseren früheren Nachbarn, den Herrn Ihlig und seine Haushälterin, die Frau Trinklein.« –

»Die Musiklehrerin Frau Rosenblatt dürfen wir keineswegs vergessen«, lächelt Alf Rodewald. »Sie war es ja, die mich mit Hella und Gudrun bekanntgemacht hat. Ohne sie wäre ich nie zum Wima-Hilfsdienst gekommen, sondern würde wahrscheinlich noch heute darüber wehklagen, daß ich ein Krüppel bin.«

»Wir möchten gern unsere Tante Freda einladen«, äußert sich Stefan Brunner. »Ihr wißt doch, das ist die pensionierte Lehrerin, die Silvia unterrichtet. In letzter Zeit hat sie sich nicht sehr wohl gefühlt. Da wird ihr eine kleine Abwechslung sicher wohltun.«

»Und wie steht es mit der alten Frau Oberacker vom Jörgeshof?« forscht Hella. »Könntet ihr die nicht auch mitbringen?«

Hubert Brunner grinst und zuckt die Achseln. »Ich bezweifle, ob sie Lust dazu hat. Sie verläßt Niederbimbach nur sehr selten. Aber wir können es ja versuchen.«

»Da ist noch Herr Magersuppe, der alte Rentner aus dem Pappelweg«, erinnert Hanneli.

»Und das Ehepaar Knobloch«, fügt Hella hinzu. Dann fährt sie fort: »Hast du bei der Kundenwerbung im vorigen Jahr nicht eine alte Dame kennengelernt, Annelore?«

»Ja, die Frau Welke«, murmelt Annelore Wienhold zerstreut.

»Gut, dann lade sie doch auch zu unserer Altenfeier ein«, ermuntert Hella ihre Freundin.

»Hm«, erwidert Annelore nur, und das klingt nicht sehr begeistert. Doch Hella setzt den Namen trotzdem auf ihre Liste.

»Vielleicht könnten wir dann in der nächsten Woche mal ins Altersheim ›Abendruh‹ gehen«, schlägt Henny Fiedler vor, »um dort zu singen und zu musizieren.«

»Dann müssen alle Plätzchenbäcker noch einmal in Aktion treten«, meint Hella.

»Und die Apfelspender«, lacht Hubert Brunner.

»Und die Apfelsinen-Stifter«, fügt Alf Rodewald hinzu.

»Und wer noch jemanden weiß, der vielleicht gerne an einer der Adventsfeiern im Wisselnest teilnehmen möchte, der soll ihn getrost einladen«, fordert Hella die Mitglieder vom Wima-Hilfsdienst großzügig auf.

»Was aber machen wir am 4. Advent bei unserer eigenen Weihnachtsfeier?« möchte Hanneli wissen.

»Bei uns in der Schule geht es immer so zu«, erzählt die kleine Florence Piepenbrink, »wir bringen alle ein Päckchen mit, und diese Päckchen legen wir in einen großen Korb. Nachher teilt unsere Klassenlehrerin sie aus. Das ist sehr lustig.«

»Keine schlechte Idee«, findet Rosedore Dohm.

»Es könnte aber doch sein, daß einer von uns einer

bestimmten anderen Person aus unserem Kreis eine kleine Überraschung vorbereiten möchte«, gibt Markus Ahlrich zu bedenken. »Wäre es da nicht besser, wir würden die Päckchen mit Namen versehen? Der Absender sollte allerdings unbekannt bleiben.«

Henny Fiedler wiegt den Kopf. »Diese Methode hat zwei Seiten. Einerseits würden die ausgewählten kleinen Gaben – denn klein sollen sie unbedingt sein – dem Empfänger vielleicht mehr Freude bereiten. Es könnte dann aber vorkommen, daß die einen – vielleicht unsere liebe Hella – gleich mit fünf Päckchen beglückt werden, während andere leer ausgehen.«

»Oh, da gäbe es Gegenmittel«, behauptet Alf Rodewald. »Jeder schreibt mit Druckschrift den Namen der Person auf einen Zettel, die er beschenken möchte. Die Zettel werden eingesammelt und von zwei vernünftigen Personen – etwa Hella Wisselmann und Henny Fiedler – überprüft. Sollte jemand vergessen worden sein, so wird mit Hilfsdienst-Mitteln rasch noch ein Geschenk für ihn besorgt. Und wenn einer von uns tatsächlich mit fünf Päckchen überrascht werden sollte – na, dann klatschen wir alle Beifall und freuen uns mit!«

Dieser Vorschlag findet allgemeine Zustimmung. – »Ich werde Weihnachtspapier besorgen und jedem von uns einen Bogen überreichen«, sagt Markus Ahlrich. »Denn es wird viel hübscher aussehen, wenn unsere Päckchen einander gleichen.«

Auch damit sind alle einverstanden. – »Und wenn jemand von den Alten mit dem Auto abgeholt werden soll, stehe ich als Chauffeur mit meinem Wagen zur Verfügung«, fährt Markus fort.

»Fein!« freut sich Hella. »Auch unser Vater will sich da einschalten, das hat er schon versprochen.«

Annelore schaut auf ihre Uhr. »Ich glaube, wir müssen so langsam zum Schluß kommen, Hella.«

»Du hast recht«, stimmt Hella zu. »Wir haben ja auch alles Nötige besprochen. Wollen wir zum Abschluß noch ein Lied singen?«

Hanneli macht unverzüglich einen Vorschlag: »Wir wollen singen ›Macht hoch die Tür, die Tor macht weit.‹«

Bald erschallt ein kräftiger Gesang im Clubraum. – »Wißt ihr, was ich so besonders schön finde an diesem Lied?« fragte Henny Fiedler. »Daß es dort im zweiten Vers heißt: ›All unsre Not zum End er bringt.‹ Das hat mich schon so oft getröstet. Wir haben ja alle unsre besonderen Nöte, die Großen und die Kleinen, die Gesunden und die Kranken, die Körperbehinderten und die geistig Behinderten. Für uns alle ist der Heiland gekommen. Er weiß um alle unsere Nöte, und er bringt sie zum Ende.«

Nun verabschieden sich die Besucher, und als sie gegangen sind, sinkt Hella im Clubraum erschöpft auf einen Schemel. – »Wenn unser Wima-Hilfsdienst tagt – das ist aber ganz schön anstrengend!«

»Du wirst dich schon wieder erholen – so, wie du gebaut bist!« tröstet sie der liebe Bruder Hartmut. »Sind wir denn nicht einen schönen Schritt vorangekommen mit unseren Plänen und Vorbereitungen für Advent und Weihnachten?«

Das muß Hella zugeben. So rafft sie sich ächzend wieder auf und hilft ihren Geschwistern beim Aufräumen des Clubraumes.

Dienstag nach dem 1. Advent

Oma Gramlich kommt nicht mit

Hanneli ist glücklich. Flink und leichtfüßig wie ein Reh läuft sie durch die trüben grauen Straßen. Heute wird sie wieder das Haus aufsuchen, in dem sie fast ihr ganzes bisheriges Leben verbracht hat: Haus Tannengrün im Eschenweg. Mit Tante Hundertmark, der Hauswirtin, hat sie sich immer so gut verstanden.

Alles im Leben verändert sich. Das hat Tante Hundertmark Hanneli schon vor einem Jahr zu erklären versucht. Damals wollte Hanneli es nicht begreifen. Alles sollte so bleiben, wie es immer gewesen war! Leider geht das nicht im Leben. Vieles hat sich inzwischen verändert in Haus Tannengrün. Wisselmanns sind ausgezogen, und Tante Hundertmarks Tochter Irma hat Lehrer Holger Heidekamp geheiratet. Das junge Paar wohnt nun in Wisselmanns früherer Wohnung. Mit der Zeit soll einiges umgebaut und renoviert werden.

Nur im Dachgeschoß hat sich noch nichts geändert. Dort haust die alte Frau Gramlich, eine Flüchtlingsfrau. Sie ist schon über 80 Jahre alt. Hanneli ist froh, daß Herr Heidekamp ihr jetzt die Kohlen hinaufträgt. Früher hat das Hannelis Bruder Hartmut getan. Durch seine Hilfsbereitschaft hat Hartmut Oma Gramlichs Herz gewonnen. Vor vier Jahren waren Wisselmanns nicht besonders begeistert von der mürrischen alten Flüchtlingsfrau. Aber dann fanden sie heraus, daß Frau Gramlich schlecht hörte und daß sie sehr einsam war. Ihre beiden Söhne waren nicht aus dem Krieg zurückgekehrt. Die Wisselmännchen halfen ihr, luden sie ein und lernten sie dadurch besser kennen. Bald gehörte sie einfach mit dazu, sie wurde eine richtige Oma für die Wisselmannkinder.

Jetzt steht Hanneli vor Haus Tannengrün im Eschenweg. Sie springt die Stufen hinauf, stürzt in den Hausflur und läutet Sturm an Tante Hundertmarks Wohnungstür. Kaum hat die frühere Hauswirtin der Wisselmanns die Tür geöffnet, da fliegt ihr Hanneli schon an den Hals.

Frau Hundertmark drückt das zierliche Mädchen an sich und sagt scherzend: »Nanu, was für ein seltener Besuch! Du hast mich also wirklich noch nicht vergessen, Hanneli?«

»Vergessen!« empört sich Hanneli. »Das könnte ich ja gar nicht, Tante Hundertmark. Selbst wenn ich wollte. Aber ich will natürlich nicht.« – Hanneli löst sich aus der Umarmung und knöpft flink ihren Anorak auf. Triumphierend zeigt sie auf ein herzförmiges silbernes Medaillon mit einem roten Stein, das sie an einem silbernen Kettchen um den Hals trägt. »Das hast du mir vor zwei Jahren zu Weihnachten geschenkt«, erinnert Hanneli. »Damals warst du mein Wichtel. Und da sind eure Bilder drin, deins und das von Tante Irma. Wenn's erst Frühling wird, werd ich dich öfter besuchen, denn dann kann ich das Rad nehmen. Das geht dann schneller. Heute bin ich gekommen, um dich einzuladen, Tante Hundertmark. Am Sonntag feiern wir bei uns im Wisselnest – so heißt unser neues Haus – ein Altenfest. Wir würden uns sehr freuen, wenn ihr auch kommt, du und Oma Gramlich.«

Tante Hundertmark tut ein wenig gekränkt. »Da gehöre ich also nun zum alten Eisen? Schau mal einer an! So alt fühle ich mich eigentlich noch gar nicht!«

Hanneli windet sich vor Verlegenheit. »Du bist ja auch

noch nicht so sehr alt. Aber zum Fest der Jugend können wir dich doch nicht einladen! Vielleicht wirst du bald Oma, und eine Oma ist eben nicht mehr jung.«

»Weißt du, manchmal gibt es auch ganz junge Omis«, erwidert Frau Hundertmark. »Im Leben passieren oft seltsame Dinge. Na schön, wenn ich Oma werde, will ich gern zum alten Eisen gehören, und damit ich mich schon so langsam daran gewöhne, nehme ich deine freundliche Einladung zur Altenfeier dankend an.«

»Fein«, freut sich Hanneli. »Und nun will ich noch schnell rauf zu Oma Gramlich«!

Auf einmal wird Tante Hundertmarks Gesicht ganz ernst. »Oma Gramlich kommt nicht mit«, sagt sie langsam.

Hanneli reißt die Blauaugen erschrocken auf. »Warum nicht?« fragt sie gepreßt. »Ist sie krank?«

Frau Hundertmark schüttelt den Kopf. »Nein, nicht krank. Heute morgen blieb alles so still im Dachgeschoß. Als ich hinaufging, um nach ihr zu sehen, lag sie still und friedlich in ihrem Bett. Gott hatte sie im Schlaf zu sich geholt.«

»Oh, oh, sie ist tot! Oma Gramlich ist tot!« schluchzt Hanneli auf. »Sie kommt nicht mehr. Es wird niemals mehr, wie es war.«

»Nicht weinen, Hanneli«, tröstet Frau Hundertmark. »Oma Gramlich hat es sich immer gewünscht, daß Gott ihr ein langes Krankenlager ersparen möchte. Er hat ihren Wunsch erfüllt und sie sanft und plötzlich heimgeholt.«

»Aber warum gerade jetzt – vor Weihnachten?« jammert Hanneli.

»Ich glaube nicht, daß sie mit uns tauschen möchte«, meint Frau Hundertmark. »Sie hat es nun viel schöner als wir; sie feiert im Himmel Weihnachten – dort, wo es kein

Leid, keine Tränen und keinen Abschiedsschmerz mehr gibt.«

»Ich muß gehen«, stößt Hanneli hervor und bearbeitet ihr nasses Gesicht mit dem Taschentuch. »Ich muß es den Eltern sagen und meinen Geschwistern.«

Frau Hundertmark nickt ihr aufmunternd zu. »Tu das, Hanneli! Sag ihnen, daß die Beerdigung wahrscheinlich am Samstag sein wird. Wir rufen aber nochmal an, sobald wir Genaueres wissen. Und noch etwas, Hanneli.« Frau Hundertmark überreicht Hanneli einen kleinen silbernen Becher. »Diesen Becher hat Frau Gramlichs jüngster Sohn einmal bei einem Sportfest gewonnen. Er gehört zu den wenigen Sachen, die sie auf der Flucht gerettet hat. Dein Bruder Hartmut soll ihn als Andenken haben. Das war Oma Gramlichs Wille. Sie hat es mehr als einmal zu mir gesagt und mir gezeigt, wo der Becher steht.«

Im Wisselnest sind alle sehr bewegt von Oma Gramlichs plötzlichem Heimgang. Hartmut dreht den kleinen silbernen Becher nachdenklich in seinen Händen. Er hat einem Jungen gehört, den er nie gekannt hat; der in den Krieg ziehen mußte und nie wiederkam. Nun wird er Hartmut immer an eine alte Frau erinnern, die wie eine Großmutter zu ihnen gewesen ist und eigentlich mit zur Familie gehört hat. Sie hinterläßt eine Lücke, die alte Frau Gramlich. Das spüren alle Wisselmännchen.

Mittwoch nach dem 1. Advent

Beinah wie im Märchen

Am nächsten Nachmittag ist es Hella, die in den Eschenweg pilgert. Es ist ihr etwas bang ums Herz. Onkel Paul ist tot – Oma Gramlich lebt nicht mehr – wie mag es dem alten Herrn Ihlig ergehen, ihrem früheren Nachbarn im Eschenweg?

Gottlob ist bei Herrn Ihlig noch alles unverändert. Frau Trinklein, seine Haushälterin, schnaubt und ächzt zwar wie eine alte Dampflok, aber das hängt mit ihrer Leibesfülle zusammen. Sie ist eine sehr ›gewichtige‹ Persönlichkeit!

Bald sitzt Hella in Herrn Ihligs Wohnzimmer mit den schönen, alten, geschnitzten Eichenmöbeln. Ein altes Klavier steht auch darin, aber es spielt wohl niemand mehr darauf. Herrn Ihligs Frau ist schon vor Jahren gestorben, und Kinder hat er nie gehabt.

Hella hat ihre Flöte mitgebracht. Herr Ihlig freut sich immer, wenn Hella ihm etwas vorspielt. Frau Trinklein kommt auch herein, um zuzuhören. Hella hat bei ihr einen Stein im Brett, seit sie im vorigen Jahr mit ihren Geschwistern Detektiv gespielt und herausgekriegt hat, welcher Hund es war, der den Bürgersteig vor Herrn Ihligs Haus verunreinigte. – Nachher deckt Frau Trinklein den Kaffeetisch und bietet köstliche Lebkuchen an, die sie nach einem alten Hausrezept gebacken hat.

»Ich denke oft an dich, Hella«, sagt Herr Ihlig und betrachtet das frische junge Mädchen voller Wohlwollen. »Du fehlst uns an allen Ecken und Enden. Wenn jetzt Schnee vom Himmel fällt – wer schaufelt uns da den Bürgersteig frei?«

»Nachmittags könnte ich das schon tun«, überlegt Hella. »Aber morgens vor der Schule – das schaff' ich nicht. Wie wäre es, wenn wir Onkel Holger Heidekamp bitten würden? Der ist ja nun Ihr neuer Nachbar geworden. Er ist nett, ich glaube schon, daß er es tun würde.«

»Ja, vielleicht. Doch es wäre mir unangenehm«, gesteht Herr Ihlig. »Dich konnte ich mit einem kleinen Geldgeschenk beglücken. Herr Heidekamp würde natürlich kein Geld annehmen wollen. Manchmal habe ich schon gedacht, ich sollte einfach einen jungen Menschen in mein Haus aufnehmen. Platz genug wäre vorhanden. Der könnte dann Schnee fegen, Laub kehren, die Mülltonne herausstellen und andere kleine Arbeiten für uns erledigen. Aber man kann nicht jeden ins Haus nehmen. Es müßte schon der richtige Mensch sein. Junge Menschen wie die Wisselmännchen wachsen leider nicht auf den Bäumen! Die haben Seltenheitswert. – Übrigens muß ich dir noch etwas erzählen, Hella. Ich habe mein Testament gemacht.«

Hella zuckt erschrocken zusammen. »Ach, Herr Ihlig, an so was müssen Sie nicht denken!«

»Doch, mein Kind. Daran muß jeder alte Mensch denken. Wir wissen nicht, wann Gott uns abrufen wird. Darum muß alles geordnet sein. In meinem Testament habe ich natürlich Frau Trinklein bedacht, die mich im Alter betreut. Auch für dich ist ein Betrag bestimmt, Hella. Das wollte ich dir jetzt sagen, damit du Bescheid weißt.«

»Für mich?« fragt Hella verwirrt. »Warum denn, Herr Ihlig?«

»Das Geld soll für dein Studium sein«, erklärt Herr Ihlig. »Du bist ein tüchtiges, begabtes Mädel. Vielleicht hättest du Lust, Medizin zu studieren. Das ist ein langes, teures Studium. Du hast auch noch zwei Geschwister. Es würde euren Eltern wahrscheinlich nicht leichtfallen, euch alle drei studieren zu lassen, zumal ihr jetzt gerade erst gebaut habt. Da soll deine Ausbildung auf jeden Fall gesichert sein. Finanzielle Erwägungen sollen für dich keine Rolle spielen.«

Hella kann es noch immer nicht fassen. »Warum denn?« wiederholt sie. »Das hab ich doch gar nicht verdient!«

»Verdient?« lächelt Herr Ihlig. »Ach Hella, was haben wir Menschen schon verdient? Hab' ich deine Freundlichkeit verdient? Ist das Beste im Leben nicht Geschenk und unverdiente Güte? Na, siehst du. Schau, ich habe mir immer eine Tochter gewünscht, und die hätte so sein sollen wie du. Dieser Wunsch wurde mir nicht erfüllt. Aber nun habe ich in meinem Alter eine Enkelin geschenkt bekommen. Soll ich sie da nicht beschenken, für sie sorgen? Sonst kann ich ja nicht mehr viel tun im Leben. Ich werde beruhigter die Augen schließen können, wenn ich weiß, daß deine Ausbildung sichergestellt ist.«

»Ich weiß nicht, was meine Eltern dazu sagen werden«, murmelt Hella.

»Es wird ihnen schon recht sein«, meint Herr Ihlig. »Wir werden darüber sprechen. Willst du mich als deinen Großvater betrachten, Hella?«

»O ja, gern, Opa Ihlig«, versichert Hella, die ihr Glück allmählich erfaßt.

»Na, dann ist ja alles in Ordnung«, schmunzelt Hellas neuer Großvater. »Und wenn du mal einen Wunsch hast, mein Mädchen, dann komm nur her zu mir und vertrau mir alles an. Willst du?« – Hella nickt und denkt: »Es ist beinah wie im Märchen, wo man sich auch manchmal etwas wünschen darf. Wie seltsam geht es doch zu im Leben! Onkel Paul und Oma Gramlich sind nicht mehr da. Aber nun hab ich dafür einen neuen Opa geschenkt bekommen, der mir sogar Wünsche erfüllen möchte. Bin ich nicht ein Glückspilz?«

Vor lauter freudiger Erregung hätte Hella beinahe den Zweck ihres Kommens vergessen. Zu guter Letzt erinnert sie sich noch an die Alten-Adventsfeier, und sie ist glücklich, daß Opa Ihlig und Frau Trinklein ihre Einladung annehmen.

Donnerstag nach dem 1. Advent

Flo fällt etwas ein

Dietmar Piepenbrink sitzt in seinem hübschen, modernen Zimmer, dessen Möbel alle rot und schwarz lackiert sind. Da huscht seine kleine Schwester Flo zu ihm herein. Sie ist jetzt 10 Jahre alt, zwei Jahre jünger als er.

»Du, Dietmar«, redet die Schwester ihren Bruder an, »Hella hat doch gesagt, wir könnten noch Leute einladen zu den Adventsfeiern im Wisselnest. Mir ist etwas eingefallen.«

Dietmar nickt ihr gnädig zu. »Na, dann laß hören, Kleines!«

»Tante Viktoria!« platzt Flo heraus.

»Hm«, überlegt Dietmar, »die ist in Wirklichkeit unsere Großtante. Aber arm ist sie nicht.«

»Nein, nicht arm, aber sehr einsam«, behauptet Flo. »Sie hat oft gesagt, der Herrgott hätte sie wohl vergessen. Alle ihre Freundinnen seien längst tot. Auch ihr Mann ist tot und ihre einzige Tochter.«

Dietmar mustert seine kleine Schwester. Die Geschwister Piepenbrink sind sehr verschieden. Dietmar ist ein dicker, gemütlicher und ein wenig träger Junge, der sich nicht gerne ein Bein ausreißt. Florence ist klein, dünn und so flink wie ein Wiesel.

»Hm«, brummt Dietmar, »wenn es dir nicht zu weit ist bis in den Kastanienweg, dann geh nur hin. Aber denk daran, daß du laut und deutlich sprechen mußt und nicht piepsen darfst, sonst kann Tante Viktoria nichts verstehen.«

Flo hüpft davon, so behende und leicht wie eine

Schneeflocke. Das Haus im Kastanienweg, in dem Tante Viktoria wohnt, ist alt. Auch die Möbel darin sind alt. Flo gefallen sie gut. Sie sind aus einem rötlichen Holz gemacht. Tante Viktoria sagt, daß es Mahagoni heißt. Es gibt auch Glasschränke, die Tante Viktoria ›Vitrinen‹ nennt. Es sind schön geschliffene Gläser darin und altes Porzellan.

»Wie nett, daß du mich einmal besuchst, Florence«, begrüßt Tante Viktoria ihre Großnichte. Sie würde niemals ›Flo‹ zu ihr sagen! »Weißt du eigentlich schon, was dein schöner Name bedeutet?«

Flo nickt eifrig. »Mama hat es mir oft erzählt. Sie hieß eigentlich ›Nachtigall‹ – mit Vatersnamen – und war eine Engländerin. Damals durften die reichen Mädchen nicht arbeiten gehen, die mußten zu Hause herumsitzen. Das war sehr langweilig. Florence hat sich auch gelangweilt. Aber dann hat sie doch ihren Willen durchgesetzt und etwas gelernt, nämlich die Krankenpflege, in Deutschland. Und als es Krieg gab – ich glaube, es war in Rußland – da hat sie die kranken und verwundeten Soldaten gepflegt und Tausenden das Leben gerettet. Sie wurde die ›Dame mit der Lampe‹ genannt. Das kam wohl daher, weil sie nachts mit einer Lampe in der Hand an die Betten der Kranken trat. Das hat sie dann getröstet. Sie waren nicht mehr allein im Dunkeln. Mama hat gesagt, jeder von uns könnte und sollte eine ›Frau mit der Lampe‹ sein. Man braucht nicht mal Krankenschwester zu werden. Man kann es in jedem Beruf und Stand.«

»Da hat deine Mutter recht«, sagt Frau Viktoria Holderbusch. »Ich freue mich, daß sie dich solche guten und schönen Dinge lehrt. Früher habe ich das auch versucht, eine ›Frau mit der Lampe‹ zu sein, es andern hell zu machen, ihnen Licht zu bringen und sie zu trösten. Aber wenn man alt wird, ist das oft sehr schwer. Man kann die andern Menschen nicht mehr so gut verstehen, man hört ihre Worte nicht richtig, und man begreift sie auch nicht. Die Zeiten haben sich geändert. Man kommt sich uralt und ausrangiert vor. Wenn ich nur mit einem Menschen über alte Zeiten reden könnte! Aber es ist niemand mehr da, der einmal mit mir jung gewesen ist.«

Florence Piepenbrink blickt ihre Großtante aufmerksam an. Sie denkt angestrengt nach und läutet schnell mal die »Notrufnummer 5015« an (Ps. 50, V. 15: Rufe mich an in der Not!) Dann lächelt sie plötzlich. »Sei nicht traurig, Tante Viktoria! Wir haben doch Advent.«

»Ja, das weiß ich«, nickt die alte Dame mit dem schneeweißen Haar. »Da warten wir auf den großen Adventskönig. Er hat uns versprochen, daß er wiederkommen wird. Aber niemand weiß, wann das sein wird.«

»Er hilft schon jetzt!« ruft Flo triumphierend. »Wir haben neulich das Adventslied ›Macht hoch die Tür‹ gesungen. Es ist Hanneli Wisselmanns liebstes Adventslied. Da hat Henny Fiedler gesagt, sie hätte den zweiten Vers besonders gern, weil es darin heißt: ›All unsre Not zum End er bringt‹. Das gilt für alle Menschen und für alle Nöte, die wir haben. Er weiß es. Und er hilft uns da heraus.«

»Er weiß es, und er hilft uns da heraus«, wiederholt Viktoria Holderbusch langsam. »Wer ist diese Henny Fiedler, die das gesagt hat?«

»Sie ist eine junge Lehrerin«, erzählt Flo. »Wir haben sie alle so gern, wir vom Wima-Hilfsdienst. Sie wollte mal Sportlehrerin werden. Ihr Hobby war Bergsteigen. Aber dann ist sie in den Bergen verunglückt. Seitdem kann sie nicht mehr laufen. Aber sie hat einen Rollstuhl, und sie fährt auch Auto. Lehrerin ist sie trotzdem geworden. Sie unterrichtet vom Rollstuhl aus.«

»Sie muß ein tapferer Mensch sein«, sagt Tante Viktoria. »Ich würde sie gerne kennenlernen.«

Jetzt strahlt Flo auf wie eine richtige kleine Lampe. »Aber darum bin ich ja hier, Tante Viktoria! Um dich einzuladen, für Sonntag, den 2. Advent, zu einer Alten-Adventsfeier in Wisselmanns neuem Haus, dem Wisselnest. Henny Fiedler wird eine Weihnachtsgeschichte vorlesen, das hat sie versprochen, und ihre Freundin, Rosedore Dom, die ohne Arme auf die Welt gekommen ist, sagt ein Gedicht auf. Hella Wisselmann und ihre Freundin Gudrun werden flöten, und Annelore Wienhold wird singen. Ist das nicht ein feines Programm?«

»O ja, das klingt sehr verheißungsvoll. Vielen Dank für die Einladung, die ich gerne annehme.«

»Du wirst abgeholt und auch wieder heimgebracht, Tante Viktoria«, verspricht Flo. Dann verabschiedet sie sich. Auf dem ganzen Heimweg singt sie ein Lied vor sich hin, das sie in der Kinderstunde bei Schwester Dora gelernt hat:

Tragt zu den Alten ein Licht!
Sagt allen: Fürchtet euch nicht!
Gott hat euch lieb, groß und klein.
Seht auf des Lichtes Schein!

Dies Lied hat noch viele Verse. Man kann auch neue hinzudichten. Es ist genau das richtige Lied für ein ›Mädchen mit der Lampe‹. Flo singt weiter:

Tragt zu den Kindern ein Licht!
Sagt allen: Fürchtet euch nicht!
Gott hat euch lieb, groß und klein.
Seht auf des Lichtes Schein!

Es gibt noch viele Menschen, zu denen man das Licht der Frohen Botschaft von Advent und Weihnachten tragen muß:

Tragt zu den Kranken ein Licht . . .
Tragt zu den Fremden ein Licht . . .
Tragt zu den Heiden ein Licht . . .
Tragt zu den Blinden ein Licht . . .
Tragt zu den Lahmen ein Licht . . .
Tragt zu den Armen ein Licht . . .

Flo hält inne und denkt nach. Warum nur zu den Armen? Haben nicht auch die Reichen ihre Nöte? Brauchen nicht auch sie einen Heiland, der aller Not ein Ende macht?

Zachäus, der kleine Mann, der auf einen Maulbeerbaum stieg, um Jesus besser sehen zu können, war reich. Ein reicher Mann war auch Josef von Arimathia, der Jesus sein eigenes Felsengrab zur Verfügung stellte. Ob der gelehrte Herr Nikodemus, der in der Nacht zu Jesus kam, nicht auch wohlhabend gewesen ist? Er war ja ein Ratsherr.

Als Flo eben in die Birkenstraße einbiegt, stimmt sie ihren letzten Vers an:

»Tragt zu den Reichen ein Licht!
Sagt allen: Fürchtet euch nicht!
Gott hat euch lieb, groß und klein.
Seht auf des Lichtes Schein.«

Freitag nach dem 1. Advent

Die Wisselmann-Mädchen in der Klemme

Hella sitzt in ihrem hübschen Zimmer an ihrem Arbeitstisch. Sie ist damit beschäftigt, schwierige Mathematikaufgaben zu lösen. Plötzlich wird dreimal kurz an ihre Tür gepocht. Da weiß sie, daß eines ihrer Geschwister draußen steht und murmelt: »Herein!«

Es ist Hanneli, die aufgeregt ins Zimmer schießt. »Bist du noch nicht fertig mit den Schulaufgaben, Hella?« sprudelt sie hervor. »Heute ist Freitag! Das ist doch der Tag, an dem wir Plätzchen backen wollten.«

Hella stößt einen tiefen Seufzer aus. »Richtig. Das wollten wir. Aber nun hat unser Mathematiklehrer gesagt, daß wir morgen eine Arbeit schreiben müssen. Er hat festgestellt, daß wir es sonst nicht schaffen. Im Herbst war er nämlich einige Wochen lang krank, da sind wir ins Hintertreffen geraten. So muß ich heute üben, da hilft nichts.«

»Vielleicht am Abend?« schlägt Hanneli zögernd vor. – »Geht nicht«, erklärt Hella. »Da haben wir Kindergottesdienstvorbereitung.«

Hanneli blickt ihre große Schwester bestürzt an. »Aber Hella! Was tun wir da nur? Morgen ist die Trauerfeier für Oma Gramlich, da können wir es auch nicht machen. Und am Sonntag ist die Altenfeier, bis dahin müssen unsre Plätzchen gebacken sein.«

Hella zuckt die Achseln. »Tut mir leid. Wirklich. Du mußt es allein versuchen.«

Hanneli zappelt vor Erregung, und aus ihren großen

blauen Augen zucken Blitze. »Ich? Allein? Wie stellst du dir das vor? Das kann ich nicht, Hella! Das hab ich ja noch nie getan! Ich bin erst elf, ich bin noch viel zu klein. Es würde mir alles mißlingen. Nein, das trau' ich mir nicht zu.«

»Gut, dann müssen wir eben ein paar Plätzchen kaufen. Etwas anderes bleibt uns da nicht übrig. Es kommt gar nicht teurer, als wenn man sie selber bäckt. In unserer Wima-Hilfsdienst-Kasse ist noch Geld drin. Alf hat es mir übergeben, falls wir für morgen noch etwas brauchen. Also schnell, Hanneli, lauf los! Die Läden haben heute ja noch auf.«

Hanneli blickt ihre große Schwester vorwurfsvoll an. »Kaufen? Gekaufte Plätzchen für unsre Alten-Feier? Du bist wohl nicht gescheit! Das wäre ja eine Blamage und eine Schande, denn wir haben doch versprochen, Plätzchen zu backen. Nein! Nie und nimmer! Dann geh ich eben zu Mutter und bitte, daß sie mir hilft.«

»Das wäre noch eine viel größere Schande. Wir haben Mutti versprochen, daß sie keine Arbeit haben soll durch unsere Feste und unsere Gäste. Nein, Hanneli, das darfst du wirklich nicht tun.«

Ratlos starren sich die beiden Schwestern an. »Da sitzen wir aber schön in der Patsche«, stellt Hella schließlich niedergeschlagen fest. »Den Mund voll nehmen – na, das kann jeder. Aber wenn es ernst wird – ja, da bin ich nur ein armer Versager.«

Sogleich fließt Hanneli über vor Mitleid. »Du kannst doch nichts dafür, Hella. Niemand kann etwas dafür. Nicht mal euer Mathematiklehrer. Weil er doch im Herbst krank gewesen ist. Es sind ganz einfach unglückliche Umstände.«

»Du machst es zu leicht für uns«, sagt Hella. »Wir haben die Sache auf die lange Bank geschoben. Wir hätten eben eher anfangen müssen mit der Backerei. Da liegt unsere Schuld, und die wollen wir nicht verkleinern.«

»Am Montag konnten wir noch nicht wissen, daß Oma Gramlich in der Nacht sterben würde und daß sie am Samstag beerdigt wird. Freitag war ein passender Tag, wir hätten es gut geschafft.«

»Ja, wir hätten . . . aber nun haben wir eben nicht und können nicht«, bemerkt Hella trocken. »Dir geb ich auch keine Schuld, denn du bist ja noch zu klein. Aber ich – ich hätte an das Sprichwort denken müssen: ›Was du heute kannst besorgen, das verschiebe nicht auf morgen.‹«

Das will Hanneli nicht gelten lassen. »Wir sind alle beide schuld«, erklärt sie bestimmt. »Und nun weiß ich auch, was ich tun werde. Ich laufe schnell mit all unseren schönen Zutaten, die ich schon bereit gestellt habe, zu Tante Hundertmark. Sie ist eine ausgezeichnete Bäckerin, und sie hilft mir gern, da bin ich sicher.«

Hella runzelt die Stirn. »Zu Tante Hundertmark? Du, das ist nicht fair! Wir haben sie doch auch für übermorgen eingeladen, und sie hat zugesagt. Das wäre ja eine schöne Bescherung: erst Gäste einladen und sie dann selber die Plätzchen backen lassen!«

»Ja, ich weiß es schon, es ist nicht ganz in Ordnung«, gibt Hanneli kleinlaut, aber tapfer zu. »Und doch wird das die beste Lösung sein. Du darfst mir's glauben: sie tut das gern. Tante Hundertmark ist sooo lieb!«

»Du darfst nicht vergessen, daß die arme Tante Hundertmark in dieser Woche schon viele Aufregungen gehabt hat«, erinnert Hella. »Und morgen ist die Beerdigung.«

»Damit hat Tante Hundertmark nichts zu tun«, versichert Hanneli. »Oma Gramlich wird ja in Niederbimbach beerdigt, weil dort Anni Oberacker wohnt, die ihre einzige Verwandte ist. Eine Großnichte von ihr, glaube ich. Und bei Oberackers auf dem Jörgeshof wird auch die Nachfeier sein, zu der wir alle eingeladen sind.«

»Nun ja, dann versuch halt dein Glück«, meint Hella gedehnt. »Eines mußt du mir jedoch versprechen: wenn du merkst, daß du ungelegen kommst, dann verabschiedest du dich schnell und holst Plätzchen beim Bäcker. Ich weiß, daß die auch gut sind. Dietmar hatte sich neulich welche gekauft und hat mich probieren lassen.«

Hanneli hört schon gar nicht mehr richtig hin. Sie ist sich ihrer Sache sicher. Schließlich ist Tante Hundertmark doch vor zwei Jahren ihr Wichtel gewesen! Sollten die beiden da einander nicht genau kennen? Schnell packt sie die Backzutaten in eine große Einkaufstasche und läuft los.

Sie wird auch nicht enttäuscht. Tante Hundertmark freut sich immer über Hannelis Besuch und ist gerne bereit zu helfen. Die beiden verleben einen herrlichen Nachmittag. Erst am Abend fährt Tante Hundertmarks Schwiegersohn Holger Heidekamp das Hanneli mitsamt einer großen Ladung leckerer Plätzchen zurück ins Wisselnest.

Samstag nach dem 1. Advent

Annelore in Adventsstimmung

Die Freundinnen Gudrun Winter und Annelore Wienhold gehen zusammen von der Schule nach Hause. Früher war Hella Wisselmann die »Dritte im Bunde« auf dem Schulweg. Seit sie im Heckenweg wohnt, muß sie früher abbiegen. Und heute hatte sie es besonders eilig, weil sie zur Trauerfeier nach Niederbimbach muß. Annelore ist ungewöhnlich still. Gudrun findet, daß sie bedrückt aussieht. Schließlich faßt sie sich ein Herz und fragt: »Fehlt dir etwas, Annelore? Denkst du noch immer an die Mathematik-Arbeit?«

Annelore verneint. »Da kümmer' ich mich nicht weiter drum. Ich bin nicht besonders gut in Mathematik, aber auch nicht schlecht. Bin immer so leidlich durchgerutscht, so daß ich mir keine Sorgen mache.«

»Was ist es dann, das dich bedrückt?« forscht Gudrun. »Du siehst heute gar nicht adventlich aus!«

Annelore seufzt schwer. »Du hast recht, mir ist gar nicht danach zumute. Bin überhaupt nicht in der richtigen ›Adventsstimmung‹. Und das kommt daher, weil ich heute nachmittag einen Gang tun muß, den ich überhaupt nicht tun will.«

»Das kommt vor«, sagt Gudrun mitfühlend. »Kann ich dir irgendwie helfen? Soll ich dich begleiten? Im vorigen Jahr hab' ich Hella begleitet, als sie zum zweiten Mal zu Alf Rodewald gegangen ist. Damals hatte sie Angst, weil er so verbittert war. Er hatte ja ein Bein verloren bei einem Verkehrsunfall.«

Jetzt lächelt Annelore ein klein wenig. »Ja, und seitdem schätzt er dich sehr. Kann man ja verstehen! Du bist immer so ruhig und so sanft. Vielen Dank, liebste Gudrun, für dein Angebot. Aber du brauchst mich nicht zu begleiten. Ich habe keine Angst. Ich – ich schäme mich halt nur.«

»Warum solltest du dich schämen?« fragt Gudrun verwundert.

»Weil ich Grund dazu habe«, erwidert Annelore rasch. »Erinnerst du dich nicht, Gudrun, wie Hella mich am Montag nach der alten Dame gefragt hat, die ich vor einem Jahr kennenlernte, als ich Kunden warb für unsere Strohsterne? Sie heißt Adele Welke. Damals versprach ich ihr, sie öfter zu besuchen. Zuerst habe ich das auch getan. Sie sieht nicht mehr so gut und hat es gern, wenn man ihr etwas vorliest. Dann bin ich immer seltener zu ihr gegangen. Es kam mir soviel dazwischen . . . Nein, bestimmt, böse Absicht war es nicht. Aber es war doch nicht recht. Ich hatte es ihr versprochen. Und was man verspricht, das muß man auch halten. Deshalb schäme ich mich jetzt. Ich möcht gar nicht mehr zu ihr gehen. Doch ich muß. Das weiß ich.«

»Ach, Annelore, das ist doch nicht so schlimm«, tröstet sie die Freundin. »Ergeht es uns nicht allen so? Wir haben die besten Absichten und nehmen uns etwas Gutes vor. Aber dann kommt etwas dazwischen, und es wird nichts daraus.«

»Nein, nein, Gudrun, du sollst und darfst mich nicht entschuldigen«, erklärt Annelore. »Dir wäre so etwas nicht passiert. Und Hella auch nicht. Bei euch stimmt es. Nur bei mir stimmt es nicht. Das habe ich schon damals vor einem Jahr befürchtet. Auf meiner ›Werbetour‹ für die Wisselmannnsche Sternfabrik hab' ich außer Frau Welke auch noch Frau Schönknecht getroffen. Carola Schönknecht ist eine Freundin meiner Mutter. Wir hatten ein ernstes Gespräch miteinander. Sie erwähnte ein Wort, das ihre Schwester Dörte ihr mahnend zugerufen hatte: Ein halber Christ ist ein ganzer Unsinn. Schon damals empfand ich es wie eine dunkle Ahnung, daß dies bei mir zutrifft, daß ich nur ein halber Christ bin, der nie richtig Ernst gemacht hat. Wenn ich dich und Hella beobachte ... Ich kann eben nicht so sein wie ihr. Aber das wirst du wohl nicht verstehen.«

»O doch, ich verstehe dich sehr gut«, erwidert Gudrun rasch. »Vor einem Jahr war mir ähnlich zumute. Ich fand, ihr wart beide viel tüchtiger als ich, du und Hella. Ich bin ja nur ein ganz gewöhnlicher Mensch, ohne besondere Gaben. Doch dann hat Gott mir klar gemacht, daß er auch solche Menschen wie mich in seinem Dienst gebrauchen kann. Neulich las ich im Losungsbüchlein ein schönes Wort, das ich mir gemerkt habe: ›Herr, wir müssen nicht selbst große Dinge vollbringen. Du erwartest von uns keine Glaubenskunststücke. Du willst nur, daß wir uns überwältigen lassen von deiner Liebe.‹ – Gottes Liebe annehmen – das ist doch nicht zu schwer – nicht wahr? Und treu sein im Kleinen, das ist alles.«

»Treu sein im Kleinen«, wiederholt Annelore leise. »Siehst du, das ist gerade mein wunder Punkt. Da habe ich versagt. Gott hat mir nur eine kleine Aufgabe anvertraut. Und auch die habe ich vernachlässigt.« Sie sieht ganz blaß aus und läßt den Kopf betrübt hängen.

Gudrun denkt eine Weile nach, dann erhellt sich ihr Gesicht. »Du meintest vorhin, du seist nicht in der richtigen Adventsstimmung. Aber das bist du, Annelore! Wirklich. Die Adventszeit war früher eine Zeit der Einkehr, der Besinnung, der Umkehr, der Buße. Das hat Fräulein Engelhorn uns schon oft klarzumachen versucht im Mädchenkreis. Erinnerst du dich nicht?«

Annelore nickt langsam. »Doch, es fällt mir wieder

ein. Frau Schönknecht hat es auch gesagt im vorigen Jahr – oder vielmehr ihre Schwester Dörte. Carola Schönknecht hat es mehr äußerlich verstanden, daß man auf manches verzichten solle in der Adventszeit. Echte Einkehr und Umkehr sind aber mehr. Das muß viel tiefer gehen. So heißt es ja auch in dem bekannten Adventslied: ›Mit Ernst, ihr Menschenkinder, das Herz in euch bestellt.‹ Weil der große Adventskönig Jesus Christus bei uns einziehen will, müssen wir einen großen inneren ›Hausputz‹ halten und ihm den Weg bereiten.«

Auf einmal lächelt Gudrun, und ihre stillen braunen Augen leuchten wie Sterne. »Ohne richtigen ›Adventskummer‹ kann es ja keine richtige Weihnachtsfreude geben! Erst wenn wir erfahren haben, wie nötig wir einen Heiland brauchen, weil unser Herz nicht heil, sondern von der Sünde krank und angeknackst ist, können wir uns über seine Geburt freuen. – Jetzt weiß ich, was ich für dich tun kann, Annelore. Wenn du auch nicht möchtest, daß ich dich auf deinem Weg zu Frau Welke begleite, so will ich doch für dich beten, daß Gott alles zum besten lenken möge.« – Sie umarmt die Freundin, und Annelore drückt ihr dankbar die Hand.

Der Besuch bei Adele Welke verläuft dann auch verhältnismäßig gut. Zwar klagt Frau Welke mal wieder über ihr einsames Leben und daß sie nicht mehr viel lesen kann. Aber sie macht Annelore keine Vorwürfe wegen ihres langen Ausbleibens. Sie zeigt Verständnis dafür, daß junge Menschen ›eben andere Dinge im Kopf haben‹. Und sie freut sich über die Einladung ins ›Wisselnest‹. Besonders wohltuend empfindet sie es, daß sie abgeholt und wieder heimgebracht werden soll, denn jetzt im Dezember gehen sehbehinderte Menschen nachmittags nicht gerne aus, weil es so früh dunkel wird. Da ist eine kleine Abwechslung hochwillkommen.

Der 2. Advent

All unsre Not zum End er bringt

Am 2. Advent summt und brummt es im Wisselnest wie in einem Bienenhaus. Hanneli wirbelt herum wie ein Kreisel und steht allen im Wege. Hella aber hat ihre Ruhe zurückgewonnen, seit die Plätzchenfrage geregelt ist. Sie steht da wie ein Fels im brandenden Meer und gibt ihre Anweisungen.

Der ganze Wima-Hilfsdienst ist heute nicht aufgekreuzt, sonst wäre ja kaum noch Platz für die Gäste. Nur die sind erschienen, die bei der Feier mitwirken oder sonst unentbehrlich sind.

Die Schiebetür zwischen Eßzimmer und Wohnzimmer ist zurückgeschoben worden. Annelore Wienhold und Gudrun Winter decken den ausgezogenen Eßtisch und schmücken ihn. Hella zerbricht sich den Kopf über die richtige Tischordnung. Kann sie Herrn Ihlig neben Herrn Magersuppe setzen? Vielleicht sollte sie ihm doch lieber Tante Freda Brunner vom Brunnenhof als Tischnachbarin geben. Die Musiklehrerin Frau Rosenblatt würde auch gut in diese Ecke passen. Ja, und dann ist da noch die Großtante von Flo, diese Frau Holderbusch. Schade, daß die alte Frau Oberacker vom Jörgeshof abgesagt hat! Die hätte man zu dem Ehepaar Knobloch setzen können . . . Nun, Frau Trinklein wird sich mit ihnen bestimmt gut unterhalten. Tante Hundertmark und Frau Hinkelmeier werden sich gewiß vertragen, wahrscheinlich kennen sie einander schon. Doch wo soll Frau Welke ihren Platz haben?

Ja, es ist gar nicht so einfach, Hännelis wunderhübsch

gemalte Tischkarten richtig zu verteilen. Schließlich zieht Hella doch noch die Mutter zu Rate. Sie hat mehr Erfahrung auf diesem schwierigen Gebiet!

Gudrun und Annelore legen eine Girlande von Tannenzweigen in die Mitte der Festtafel. Sie verzieren sie mit Lametta, Strohsternen und goldenen Tannenzapfen aus Schokolade. Hier und dort steht ein kleiner bemalter Holzengel, der eine Kerze hält. Zu jedem Gedeck gehört ein kleines Geschenk. Die einen bekommen einen von Elenas niedlichen Eierwärmern, andere eine von den Buben selbst gegossene Kerze auf einem Untersetzer aus Glas oder Porzellan oder ein Apfel-Weihnachtsmännchen aus Silvias Produktion. Außerdem hat Lehrer Wisselmann noch einige nette Postkarten-Kalender gestiftet.

Für die bunten Teller wäre leider kein Platz mehr gewesen, wie Hella feststellen mußte. Deshalb haben sie und ihre Freunde lustig-bunte Weihnachtstüten mit Äpfeln, Nüssen, Apfelsinen, Plätzen und Flos selbstgemachten Süßigkeiten gefüllt und auf die Anrichte gestellt. – Hella gießt eben den fertigen Kaffee – sie hat sich für koffeinfreien entschieden, um das Herz der Gäste zu schonen – in die Isolierkannen, als die ersten Gäste erscheinen. Herr Ihlig plaudert bald sehr angeregt mit der Musiklehrerin Frau Rosenblatt, und das Thema der beiden heißt: Hella Wisselmann. – Frau Trinklein tauscht Kochrezepte aus mit Frau Hinkelmeier, und der alte Rentner Magersuppe hat sich an das Ehepaar Knobloch angeschlossen.

Frau Viktoria Holderbusch unterhält sich mit Freda Brunner vom Brunnenhof, als Frau Adele Welke von Markus Ahlrich hereingeführt wird. Da bricht Frau Holderbusch mitten im Satz ab und starrt den Neuankömmling an. Sie kneift ein Auge zu, um besser sehen zu können. »Bist du das, mein Adelchen?« ruft sie im höchsten Erstaunen aus. »Oder täuschen mich meine alten Augen?«

Adele Welke fängt vor Aufregung an zu zittern. »Leider sehe ich nicht mehr so gut«, stammelt sie. »Aber der Stimme nach kann das niemand anders sein als meine geliebte, unvergeßliche Viktoria.« – Die beiden alten Damen eilen aufeinander zu, so schnell ihre Beine es erlauben, und sinken sich in die Arme.

Für die Zuschauer sieht das drollig aus, denn Viktoria Holderbusch ist von hoher, hagerer, aufrechter Gestalt, während Adele Welke klein, zierlich und ein wenig gebeugt daherschreitet. Zum ersten Mal sieht Annelore ein »richtiges« Lächeln auf dem blassen Gesicht ihres »Schützlings«, und auch die Stimme von Frau Welke klingt nicht mehr wehleidig, als sie erklärt: »Wir sind Freundinnen, noch von der Schule her. Doch das Leben hat uns getrennt. Die Heirat, der Krieg, die Flucht, die Nachkriegsjahre ... So haben wir uns leider aus den Augen verloren.«

»Und nun haben wir uns wiedergefunden«, frohlockt Viktoria Holderbusch. »Es ist sehr lange her, seit wir gemeinsam die Schulbank drückten, meine liebe Adele Blumenthau und ich.«

»Ach, mit dem Blumenthau ist es vorbei«, lächelt die alte Freundin. »Jetzt heiße ich Welke. Das paßt auch viel besser, nicht wahr?«

Da müssen alle lachen. – »Du hast dich wenigstens verbessert, was den Namen anbelangt«, fährt sie fort. »Holderbusch finde ich schöner als Piepenbrink.«

Mittlerweile haben alle Gäste Platz genommen an der geschmückten Tafel. Hella und ihre Freundinnen schenken unermüdlich Kaffee ein und bieten Plätzchen, Stollen und Lebkuchen an. »Ich bin froh, daß es koffeinfreier Kaffee ist«, sagt Freda Brunner zu Frau Rosenblatt.

»In der letzten Zeit hatte ich Schwierigkeiten mit meinem Herzen. Die Ärzte raten mir zur Vorsicht. Meine Gesundheit ist nicht besonders stabil gewesen in den letzten Jahren. Im Frühjahr reise ich meistens fort zur Kur. Aber diesmal sieht es fast so aus, als würde ich nicht bis zum Frühjahr durchhalten . . . «

Nachdem alle Gäste genug gegessen und getrunken haben, führt der Wima-Hilfsdienst sein Programm vor. Zuerst spielen Hella und Gudrun etwas auf der Flöte. Dann zeigt Bernd Riesinger einige verblüffende Zaubertricks. Die Gäste sind begeistert! Sie singen kräftig mit, als nun Hannelis liebstes Adventslied »Macht hoch die Tür« angestimmt wird.

Rosedore Dom trägt ein Weihnachtsgedicht von Hermann Hesse vor, das »Weihnachtsabend« heißt. Der Dichter erzählt darin, wie er am Weihnachtsabend zurückdenkt an seine Jugend »da auch für mich die Weihnacht kam«. Seither ist er ruhelos durch diese Welt gewandert und hat nach Weisheit, Gold und Glück gesucht. Nun rastet er müde und besiegt am Wegrand, und Heimat und Jugend liegen in der Ferne wie ein Traum.

Jetzt ist Annelore Wienhold an der Reihe, und sie singt das alte Wallfahrtslied aus dem Eichsfeld:

> *»Maria durch ein Dornwald ging*
> *Kyrie eleison!*
> *Maria durch ein Dornwald ging,*
> *der hat sieben Jahr' kein Laub getragen.*
> *Jesus und Maria.*
>
> *Was trug Maria unter ihrem Herzen?*
> *Ein kleines Kindlein ohne Schmerzen,*
> *das trug Maria unter ihrem Herzen.*

*Da haben die Dornen Rosen getragen,
als das Kind ward durch den Wald getragen,
da haben die Dornen Rosen getragen.«*

An dieses Lied, das Annelore sehr zart und rein vorgetragen hat, knüpft Henny Fiedler eine kurze Adventsbetrachtung. Wir alle – ob jung oder alt – müßten mitunter auf unserer Lebenswanderung durch einen Dornenwald hindurch. Das paßt uns gar nicht. Da haben wir Angst. Davor schrecken wir zurück. »Auch mir ist es so ergangen«, sagt Henny Fiedler, »damals, als ich in den Bergen abgestürzt bin und es sich herausstellte, daß ich querschnittgelähmt war und nie wieder laufen würde. Nun kommt alles darauf an, ob Jesus bei uns ist im Dornwald, ob wir ihn im Herzen tragen. Ich weiß nicht, was Menschen in solcher Lage tun, die nichts von Jesus wissen. Ich wäre einfach verzweifelt. Wenn aber Jesus bei uns ist im Dornwald, dann können unsre Dornen zum Blühen gebracht werden und Rosen tragen. Das habe auch ich erleben dürfen. Mein Leben ist reich – obwohl ich an den Rollstuhl gefesselt bin.«

Es folgt wieder ein Flötenstück, dann liest Henny Fiedler die Weihnachtslegende »Die Heilige Nacht« von Selma Lagerlöf vor. Zum Schluß sagt Rosedore Dohm das Weihnachtslied von Kaspar Friedrich Nachtenhöfer auf, in welchem der erste Vers lautet:

*»Dies ist die Nacht, da mir erschienen
des großen Gottes Freundlichkeit;
das Kind, dem alle Engel dienen,
bringt Licht in unsre Dunkelheit;
und dieses Welt – und Himmelslicht
weicht hunderttausend Sonnen nicht.«*

Im letzten Vers bittet der Verfasser dann, die Weihnachtssonne Jesus möchte ihn bestrahlten und ihn lehren, wie man im Lichte wandelt und voller Weihnachtsglanz wird. – Es werden Gesangbücher verteilt, damit dies Lied noch einmal gemeinsam gesungen werden kann.

Das Programm des Wima-Hilfsdienstes hat hiermit sein Ende erreicht. Da schlägt zur allgemeinen Überraschung Viktoria Holderbusch mit ihrem Kaffeelöffel an ihre Kaffeetasse und erhebt sich. Von ganzem Herzen dankt sie den jungen Freunden vom Wima-Hilfsdienst für den wunderschönen »Senioren-Nachmittag«.

»Mein besonderer Dank gilt Henny Fiedler«, sagt sie, »die als echte Erzieherin guten Samen ausstreut in die jungen Herzen. Sie hat meine Großnichte Florence das Lied »Macht hoch die Tür« verstehen gelehrt, und Florence hat ihre Erkenntnisse an mich weitergereicht. Sie hat mir erklärt, daß der große Adventskönig Jesus Christus all unsrer Not ein End bereitet. Dies ist in meinem Leben geschehen – heute, an diesem Nachmittag. Gott hat mir meinen Herzenswunsch erfüllt und mich meine Jugendfreundin Adele wiederfinden lassen, mit der mich so viel verbindet. Nun habe ich den Menschen geschenkt bekommen, mit dem ich von alten Zeiten plaudern kann. Wir wohnen nicht mal sehr weit voneinander – sie im Ulmenweg und ich im Kastanienweg. Ich schlage vor, daß wir zum Abschied noch ein Loblied anstimmen.«

So geschieht es. »Lobe den Herren, den mächtigen König der Ehren« schallt es durchs Wisselnest. Hella und Gudrun begleiten auf der Flöte. Nun brechen die Gäste auf, beladen mit ihren Geschenken und den Weihnachtstüten.

Gudrun und Annelore helfen Hella noch beim Aufräumen und Abwaschen. Gudrun arbeitet nicht ganz so flink wie Hella; dafür ist sie sehr gründlich und gewissenhaft in allem, was sie tut. Annelore muß noch über viele Dinge nachdenken, so daß sie heute keine überragende Hilfe ist.

»Was für ein merkwürdiger Gedanke, daß sie Schulfreundinnen gewesen sind, die Frau Welke und die Frau Holderbusch!« murmelt sie. »Sie haben die gleiche Schulbank gedrückt – genau wie wir! Sie haben miteinander getuschelt und gekichert – wie wir!«

»Hört, hört! Jetzt gerät unsre teure Annelore ins Schwärmen!« spöttelt Hella und schwenkt mit verdoppeltem Eifer die Kaffeetassen durch die Spülschüssel.

Unberührt von Hellas Einwurf fährt Annelore fort: »Manche Lehrer haben sie heimlich verehrt – und vor manchen haben sie ein bißchen Angst gehabt – genau wie wir! Sie sind ausgelassen und übermütig gewesen – genau wie wir – und sie haben auch manchmal miteinander ein paar Tränen vergossen. Sie haben einander ihr Herz ausgeschüttet und sich ihre kleinen Geheimnisse anvertraut – genau wie wir! Sie haben sich in süße Träume eingesponnen – genau wie wir – und voll zitternder Erwartung der Zukunft entgegengeblickt. Und dann kam das Leben, und dann kam das Leid. Sie sind getrennt worden, und sie sind alt und einsam geworden. Die Menschen, die ihnen am nächsten standen, sind weggestorben. Sie waren sehr allein mit all ihren Erinnerungen. Und dann haben sie sich plötzlich wiedergefunden – am 2. Sonntag im Advent! O Gudrun, wie froh bin ich, daß ich mir einen Ruck gegeben und Frau Welke eingeladen habe!«

»Liebe Annelore, gib dir bitte jetzt auch einen Ruck und mach weiter – sonst ist der ganze Abend futsch!« bemerkt Hella trocken.

»Ach, laß sie nur!« sagt Gudrun gutmütig. »Sie ist doch unsre Künstlerin, unser kleiner Star. Hat sie nicht wunderbar gesungen heute nachmittag?«

Nun stürzen sich die drei Freundinnen wieder mit Feuereifer auf ihre Arbeit und schaffen schweigend weiter, bis alles aufgeräumt und weggeschafft ist und nichts mehr an den bewegten Nachmittag im Wisselnest erinnert.

Montag nach dem 2. Advent

Dietmar ist hartnäckig

Als Hella Wisselmann zum ersten Mal die Villa von Direktor Piepenbrink in der Birkenstraße Nr. 5 betrat, war es ihr etwas beklommen zumute. Auch das Hausmädchen Marion, das sie kühl abschätzend vom Kopf bis zu den Füßen musterte, flößte ihr Unbehagen ein. Das ist nun alles längst vorbei. Hella fühlt sich bei Piepenbrinks schon richtig heimisch. Sogar die kluge und energische Hausherrin bringt Hella nicht mehr in Verlegenheit. Freilich, auf ihren Schüler Dietmar muß Hella gut aufpassen, denn das ist eine besondere Marke!

Heute sitzt Dietmar wieder sehr gemütlich in seinem hübschen, modern eingerichteten Zimmer mit den rot und schwarz lackierten Möbeln. Neben sich auf dem Schreibtisch hat er eine Schale stehen, die mit Sahnebonbons und Trüffeln gefüllt ist.

Hellas Blick fällt sofort darauf, und sie zieht die Stirn in strenge Falten. »Bist du schon wieder am Naschen, Dietmar? Eines Tages wirst du noch platzen, wenn du so weitermachst!«

»O nein, ich nasche nicht«, versichert Dietmar mit unschuldigem Lächeln. »Ich mache nur einen Test. Muß doch nachprüfen, ob die Süßigkeiten, die Flo und Marion fabriziert haben, für die Behinderten am nächsten Sonntag zu empfehlen sind.«

»Du alter Schwindler«, knurrt Hella. »Du kannst mir doch nicht weismachen, daß du diese Leckereien nicht vorher schon gekostet hast, ehe wir sie den Alten in ihre Adventstüten gesteckt haben!«

Dietmars Lächeln wird noch breiter und milder, und seine Stimme ist weich wie Samt. »Sicher mußte ich die vorher probieren, das versteht sich. Was aus der Firma Piepenbrink kommt, darf nur Qualitätsware sein! Aber das waren doch nicht die gleichen Schleckersachen! Die sind doch restlos draufgegangen für unsere alten Freunde. Es blieb Flo und Marion nichts anderes übrig, als neue herzustellen. Und die müssen selbstverständlich erst geprüft werden. Da, Hella, nimm dir auch welche und gib dein Urteil ab!«

Ja, dieser Dietmar ist ein Schelm und ein Schlaumeier, dem ist nur schwer beizukommen. Jetzt hat er wieder eine solche Unschuldsmiene aufgesetzt, daß einem jedes energische Wort auf der Zunge erstirbt, denkt Hella. Noch zögert sie zuzugreifen, da fährt Dietmar schon fort: »Falls du Angst hast um deine schönen, schneeweißen Beißerchen, dann laß die Sahnebonbons weg. Die Trüffel kannst du unbesorgt versuchen. Sie sind weich und außerdem sehr gesund, denn sie enthalten nur wenig Zucker und bestehen zum größten Teil aus Haferflokken. Das haben mir unsere Damen verraten. Könnte ja sein, daß Flo sich irrt, weil sie noch so klein ist. Aber Marion irrt sich bestimmt nicht. Auf die ist Verlaß.«

Was bleibt Hella anderes übrig, als sich einen der angebotenen Haferflocken-Trüffel in den Mund zu stecken? Nun grinst Dietmar noch zufriedener und genehmigt sich schnell auch noch einen. »Na, wie findest du sie?« erkundigt er sich dann.

»Nicht übel«, muß Hella zugeben. »Meinst du, Marion würde mir das Rezept verraten?«

»Ach, ich glaube schon. Und wenn nicht, dann verschafft es dir Flo, die weiß, wo es steckt. – In Zukunft werde ich allerdings nicht mehr naschen, dies war nur eine Ausnahme – eine Familienpflicht, der ich mich nicht entziehen konnte. Künftig trinke ich nur noch Tee, schwarzen Tee mit Zitrone. Der enthält keine Kalorien, sondern nur Vitamine – durch die Zitrone. Die Wissenschaftler haben herausgefunden, daß schwarzer Tee die Intelligenz verstärkt. An Studenten haben sie es ausprobiert.«

Hier hakt Hella rasch ein und fragt: »Und wie steht es zur Zeit mit deiner Intelligenz? Habt ihr eure Englisch-Arbeit schon zurückbekommen?«

Dietmar nickt feierlich. – Hella kann ihre Ungeduld kaum zügeln. »Und was hast du gekriegt?«

»Eine Zwei!« verkündet Dietmar voller Siegesstolz.

Hella atmet hörbar auf. »Na, endlich! So fängt meine Arbeit mit dir doch an, Früchte zu tragen. Ich glaube, wir können bald aufhören mit den Englisch-Stunden.«

Dietmar starrt seine Englisch-Lehrerin verständnislos an. »Aufhören? Du bist wohl nicht gescheit! Wenn du sowas nochmal sagst, schreibe ich in der nächsten Arbeit glatt eine Sechs.«

Hella rollt unheildrohend die Augen. »Untersteh dich! Dann verlier' ich alle Lust und überlasse dich deinem Schicksal. Aber im Ernst, Dietmar! Du brauchst doch eigentlich gar keine Nachhilfestunden. Ein so intelligenter Junge wie du! Du hast es nicht einmal nötig, deine Intelligenz noch zu verstärken durch allerhand zweifelhafte Mittelchen!«

Dietmar schüttelt energisch sein junges Haupt. »Da irrst du dich, Hella! Ich brauche dich sogar sehr nötig. Mama ist froh, daß wir dich gefunden haben. Und ich bin auch froh. Denn ich kabbele mich gern ein bißchen mit dir herum. Ich mag dich einfach. Du bist so frisch und geradeheraus. Deine Geschwister mag ich auch. Und deine Eltern. Und den Wima-Hilfsdienst! Und euer

Wisselnest! Ihr seit eine nette Familie. Und für dich ist es doch auch nicht übel, oder? Ein bißchen Taschengeld – so vor Weihnachten –, das kann man doch gebrauchen – oder?«

Was soll Hella darauf erwidern? Natürlich kann sie das Geld für die Nachhilfestunden gut gebrauchen. Aber ist es richtig, einem so gescheiten Jungen diese Stunden zu geben? Führt er sie nicht einfach an der Nase herum, dieser Dünnbrettbohrer? Ist das nicht verschwendete Zeit?

Aus Dietmars grauen Augen funkelt die reinste Spitzbüberei. »Gib dir keine Mühe, teuerste Lehrerin! Mich wirst du so bald nicht wieder los. Da, nimm lieber noch einen Haferflocken-Trüffel!«

»Du willst mich wohl bestechen?« grollt Hella.

»Na klar!« grinst Dietmar, dann faßt er sich plötzlich an den Kopf, wühlt in seinem Schreibtisch, fördert einen Briefumschlag zutage und überreicht ihn Hella feierlich. »Für den Wima-Hilfsdienst! Habe ich alles gesammelt bei Mamas Freundinnen. Es sind 143 Mark. Zähl bitte nach!«

Ja, was soll man da noch sagen? Kann man diesem Dietmar, diesem Schelm, böse sein? Hella muß sich wohl oder übel bedanken, dann aber setzt sie doch eine gestrenge Miene auf und befiehlt: »Los, Dietmar, genug geschwätzt! Hol dein Englisch-Buch hervor! Wir wollen Diktat üben.« – Dietmar schneidet eine Grimasse, und dann tut er, was seine Lehrerin verlangt.

Hellas Geschwister freuen sich, als sie ihnen von der neuen Spende für den Wima-Hilfsdienst erzählt. »143 Mark sind ein ganz nettes Sümmchen«, brummt Hartmut. »Er ist schon ein merkwürdiger Bursche, dieser Dietmar. Manchmal kann man sich grün ärgern über ihn. Aber man kriegt ihn nie zu fassen – immer wieder entweicht er einem. Bildlich gesprochen – natürlich. Er ist glatt wie ein Aal und schlau wie ein Fuchs.«

»Es muß auch solche Käuze geben«, zitiert Hella den großen Dichter Goethe.

Beim Abendessen hat Frau Wisselmann ihren Lieben eine Neuigkeit aufzutischen: »Tante Freda vom Brunnenhof hat angerufen. Am Donnerstag soll ein Missionsabend bei ihnen stattfinden, und wir sind alle herzlich eingeladen. Ein Missionar aus Kolumbien wird von seiner Arbeit unter den Indianern im Urwald erzählen und einen selbstgedrehten Farbfilm zeigen.«

Hellas Augen glänzen. »Oh, das möchte ich sehen! Fahren wir hin, Vati?«

»Nun, ich denke schon – falls es sich irgend einrichten läßt«, erwidert Lehrer Wisselmann. »Eine solche Gelegenheit bietet sich nicht alle Tage. Es ist immer wertvoll, direkt aus erster Hand etwas über die Missionsarbeit zu hören.«

Dienstag nach dem 2. Advent

Ein unerwarteter Besucher

Am Dienstagabend sitzt Familie Wisselmann gemütlich beisammen im Wohnzimmer und hält ihr Adventsfeierstündchen. Hella erzählt gerade vom Mädchenkreis, der am Nachmittag stattgefunden hat und daß sie und ihre Freundinnen beschlossen haben, am Donnerstagnachmittag den geplanten Besuch im Altersheim ›Abendruh‹ abzustatten. – »Da brauchen wir neue Plätzchen, Hanneli«, wendet sie sich an ihre kleine Schwester. »Morgen nachmittag wollen wir sie backen – falls nichts dazwischenkommt!«

»Das trifft sich gut«, meint die Mutter. »Da wollte ich auch für uns selber Plätzchen backen. Wir können also einen richtigen ›Plätzchen-Talkoo‹ veranstalten.«

Talkoo ist ein finnisches Wort und bedeutet so viel wie ›Gemeinschaftsarbeit‹. Bei Wisselmanns hat schon öfter ein Talkoo stattgefunden, zum Beispiel vor zwei Jahren, als Herr Wisselmann die Hauswirtin Frau Hundertmark zu bewichteln hatte und alle Wisselmännchen zu ihrer Überraschung in Gemeinschaftsarbeit den Keller von Haus Tannengrün aufgeräumt haben.

Auf einmal geht die Türklingel. Nanu, was mag das für ein später Besucher sein? Hanneli kann ihre Neugier nur schwer bezähmen. »Ich werde nachsehen!« ruft sie und springt auf.

»Ja, aber paß auf und schau zuerst durch das Guckloch!« ermahnt sie die Mutter. »Draußen ist es stockdunkel, da lassen wir keinen Unbekannten herein.«

Hanneli stürzt hinaus, knipst die Außenlampe an und

starrt durch das Guckloch. Na, da kann sie ja getrost öffnen, denn das ist ja kein anderer als Markus Ahlrich vom Wima-Hilfsdienst. Sie begrüßt ihn freudestrahlend und geleitet ihn ins Wohnzimmer. Man bietet ihm einen Platz in einem bequemen Sessel an, und dann unterhält man sich mit dem Gast: über die Alten-Feier am vergangenen Sonntag und über das Behindertenfest am kommenden Sonntag.

Mit besonderer Wärme spricht Markus von der Weihnachtslegende, die Henny Fiedler vorgelesen hat und von der kleinen Ansprache, die sie gehalten hat über das schöne alte Lied »Maria durch ein Dornwald ging«. »Bei Henny merkt man, daß alles echt und selbsterlebt ist, was sie sagt«, meint Markus. »Auch sie selber mußte durch einen solchen Dornwald gehen, als das schreckliche Unglück geschah. Aber nun blühen Rosen auf, wo immer sie geht.«

Hella starrt Markus verwundert an. Wie redet er nur so sonderbar? Es blühen Rosen auf ... Markus stößt einen tiefen Seufzer aus und fährt dann mit gepreßter Stimme und dunkler Entschlossenheit fort: »Sie werden sich wundern, daß ich zu später Stunde noch so mir nichts, dir nichts bei Ihnen hereingeschneit bin. Aber ich wußte mir nicht mehr zu helfen ... Ich konnte einfach nicht mehr weiter ... Noch nie habe ich ein Mädchen wie Henny kennengelernt – und niemals werde ich jemanden so gern haben wie sie.«

Hella hält den Atem an, und Hanneli macht große, erstaunte Augen. Nur Mutter Wisselmann bleibt gelassen und lächelt den Besucher freundlich an. »Ja, Henny Fiedler ist ein sehr wertvoller Mensch. Durch ihr Leiden ist sie gereift und durch ihre inneren Kämpfe stark geworden. Es ist sehr schade, daß sie für immer an den Rollstuhl gefesselt ist.«

»Ach, Frau Wisselmann, ich bitte Sie!« ruft Markus ganz aufgeregt. »Das bedeutet doch nichts. Sie ist heiterer und ausgeglichener als die meisten gesunden Frauen. Und sie ist sehr tüchtig und weiß sich in allem zu helfen. Ich würde ihr ein Haus bauen, das ganz ihrer Behinderung angepaßt wäre. Mein Feund Alf Rodewald würde mir helfen, es zu entwerfen. Er spezialisiert sich auf Wohnungen für Behinderte. Sie würde darin keine Schwierigkeiten haben, ihren Haushalt zu versorgen. Natürlich nur, wenn ihr das Freude macht. Sonst würde ich das tun. Es würde herrlich sein, mit ihr zu leben . . . Wir würden eine glückliche Familie sein . . . Querschnittgelähmte Frauen können ohne weiteres gesunde Kinder zur Welt bringen . . . «

Lehrer Wisselmann räuspert sich und fragt dann sachlich: »Haben Sie schon mit Henny darüber gesprochen?«

»Ich habe es schon einige Male versucht, aber sie zieht sich dann sofort zurück«, gesteht Markus niedergeschlagen. »Wahrscheinlich macht sie sich nichts aus mir. Ich bin natürlich noch nicht so weit wie sie; innerlich, meine ich. In unserer Familie ist nie viel über den Glauben gesprochen worden. Zur Kirche gingen wir nur an hohen Feiertagen. Ich war solch ein Namenchrist, wie es viele gibt. Bis das Unglück mit meinem Freund Alf geschah und er durch den Autounfall sein Bein verlor . . . Ich versuchte ihm zu helfen, doch ich vermochte es nicht. Er war so verzweifelt, daß er sich das Leben nehmen wollte. Dann haben ihn Hella und Gudrun besucht und ihn eingeladen, und der Wima-Hilfsdienst ist gegründet worden, und ich habe miterlebt, daß echter, gelebter Glaube keine Schwärmerei und keine Einbildung ist, sondern eine ganz große Kraft. Aber ich bin natürlich nur ein Anfänger, der einem Menschen wie Henny wahrscheinlich nichts geben kann.«

»Nein, das ist es nicht – bestimmt nicht, Markus!« erklärt hier Hella mit großer Entschiedenheit. »Es ist so, daß Henny überhaupt nicht heiraten möchte, weil sie niemandem zur Last fallen will. Ich weiß das, denn wir haben einmal darüber gesprochen. Über Frau Dalek und ihr trauriges Schicksal redeten wir damals, und wie ihr Mann sie und die kleine Tochter Heidi im Stich gelassen hat. – ›Eine gelähmte Frau ist eine zu schwere Belastung‹, hatte Henny damals gesagt. ›Das würde ich keinem zumuten wollen. Für uns ist es besser, allein zu bleiben.‹ – Das waren Hennys Worte. Es hat nichts mit deiner Person zu tun, Markus.«

»Vielleicht will sie eben lieber Lehrerin sein«, überlegt Hanneli. »Sie ist bestimmt eine sehr gute Lehrerin.«

»Das wäre kein Hindernis«, erklärt Markus mit Nachdruck. »Von mir aus könnte sie ihren Beruf ausüben, solange es ihr Freude macht. Aber wenn sie mir nicht vertraut, weil dieser Herr Dalek sich so schäbig benommen hat – ja, dann ist es wohl hoffnungslos für mich.«

Jetzt beugt sich Lehrer Wisselmann vor und blickt dem jungen Mann fest in die Augen. »Wenn ich Ihnen einen Rat geben darf, Markus: geben Sie niemals auf! Und haben Sie Geduld, viel Geduld. Nur dann werden Sie Henny eines Tages davon überzeugen können, daß sie Ihnen vertrauen darf und daß Ihre Liebe groß und stark genug ist, um auch eine behinderte Frau durchs Leben tragen zu können.«

Bald darauf verabschiedet sich Markus Ahlrich. Er will sich Vater Wisselmanns Rat zu Herzen nehmen und geduldig ausharren in seiner Liebe zu Henny Fiedler. – An diesem Abend kann Hella nicht gleich einschlafen. Sie hat ihr Fenster geöffnet und schaut hinaus. Der Abend ist mild, klar und schön. Hoch am Himmel flimmern die Sterne. Mancherlei seltsame Gedanken ziehen Hella durch den Kopf. Wie mag das sein, wenn man einen andern Menschen über alles liebgewinnt? Wenn man sich nach ihm sehnt und von ihm träumt, so wie es bei Markus geschehen ist? Das ist mehr als ein flüchtiger Flirt, – mehr als eine kurze Schwärmerei. Das bedeutet ein großes Glück – und vielleicht ein tiefes Leid. Und Hella ist im Grunde froh, daß sie noch nichts von alledem erfahren hat und daß ihr Herz noch heiter und ruhig schlägt in ihrer Brust.

Mittwoch nach dem 2. Advent

Wenn man Tiere liebt ...

Die weiblichen Mitglieder der Familie Wisselmann sind zu eifriger Tätigkeit in der Küche versammelt. Hier macht das Arbeiten ordentlich Spaß, denn diese Küche ist hell, und sie ist modern und praktisch eingerichtet. Da werden von flinken, fleißigen Händen Nüsse gemahlen, Zitronat geschnitten, Rosinen gewaschen, Fett abgewogen, Honig mit Zucker erwärmt, Teig geknetet, ausgerollt und ausgestochen.

»Wie nützlich ist doch dieses Backpapier«, meint Frau Wisselmann. »Früher mußte man die Kuchenbleche immer erst mühselig abreiben und einfetten und oft klebten die Plätzchen trotzdem fest. Bei dem Backpapier passiert das nie, man kommt viel schneller voran.«

Als gerade die ersten Bleche aus dem Backofen gezogen sind, läutet es plötzlich an der Haustür. – Mit dem Ausruf: »Ich geh schnell hin!« ist Hanneli schon zur Küchentür hinausgestoben.

Die große Schwester runzelt die Stirn. »Sie ist doch gar so neugierig«, murrt sie.

»Ach, laß sie nur«, sagt die Mutter gelassen. »Auch sie wird schon noch vom Leben zurechtgeschliffen werden.«

Im Türrahmen erscheint Frau Blechschmidt, eine frühere Nachbarin von Wisselmanns, die eine geistig behinderte Tochter in Hellas Alter hat. Sie heißt Gesine. –
»Wie hübsch Ihr neues Haus ist!« begrüßt die Besucherin Frau Wisselmann. –

»Möchten Sie es sich einmal ansehen?« fragt Frau Wisselmann. –

»O gern«, erwidert Frau Blechschmidt lebhaft. Hella führt den Gast herum und zeigt ihm alles. Schließlich kehrt man wieder in die Küche zurück. »Schön haben Sie es hier, Frau Wisselmann, also wirklich, wunderschön«, lobt Frau Blechschmidt. »Ja, so ein eignes Heim ist schon etwas wert. Wir wohnen ja leider nur zu Miete.«

»Alles hat seine Vor- und Nachteile«, behauptet Frau Wisselmann. »Ein eigenes Haus verursacht mehr Arbeit: man muß den Garten in Ordnung halten, die Straße kehren, Schnee schaufeln, und dann springt man den halben Tag treppauf, treppab. In dieser Hinsicht haben Sie es bequemer in Ihrer geräumigen Etagenwohnung. – Aber wollen wir uns nicht lieber ins Wohnzimmer setzen?«

»Ach nein, ich will mich ja nicht lange aufhalten«, erwidert Frau Blechschmidt. »Und hier in der Küche ist es sehr gemütlich, und es riecht so lecker.«

Hanneli bietet von den ofenfrischen Plätzchen an: »Bitte, Frau Blechschmidt, versuchen Sie doch mal!«

»Hm, das schmeckt köstlich«, preist die Besucherin die Wisselmannschen Plätzchen. »Ja, Ihre Küche gefällt mir auch gut«, fährt sie dann fort. »Es ist ein sehr schönes und praktisch eingerichtetes Haus – auch wenn Sie einige Arbeit damit haben. Dafür haben Sie auch Freiheit – Sie können sich zum Beispiel einen Hund halten.«

»Ja, können Sie das denn nicht, Frau Blechschmidt?« wundert sich Hanneli.

Die Besucherin schüttelt den Kopf. »Nein, das dürfen wir nicht. Kein Hund und keine Katze – so steht es im Mietvertrag. Da ist nichts zu machen. Sie haben damals Glück gehabt in Haus Tannengrün. Frau Hundertmark hatte nichts einzuwenden gegen Ihren Dackel. Wie geht es ihm eigentlich?«

»Oh, unser Schorsch ist noch gesund und munter und immer voll drolliger Einfälle«, antwortet Hella.

»Ja, Dackel sind nett«, findet Frau Blechschmidt. »Nun ja, ich könnte schon darauf verzichten. Aber meine Tochter Gesine – sie mag Tiere so sehr.«

»Ich weiß noch, wie gerne sie immer unserm Wellensittich Adolar zugeschaut hat«, erinnert sich Hanneli.

»Wir werden Gesine ein anderes Tier kaufen müssen, vielleicht einen Goldhamster oder eine Schildkröte«, fährt Frau Blechschmidt fort. »Es tut einem nur leid, weil sie sich ausgerechnet einen Hund zu Weihnachten gewünscht hat. Manchmal habe ich schon gedacht – ob Sie ihr Ihren Dackel nicht mal ausleihen könnten? Es würde ihr solche Freude machen, mit dem Krummbeiner spazierenzugehen.«

»Das ist eine prima Idee«, meint Hanneli. »Ich gehe auch sehr gern mit Schorsch spazieren.«

»Wir können das leider jetzt nicht entscheiden, Frau Blechschmidt«, erklärt Frau Wisselmann. »Der Dackel gehört unserm Sohn Hartmut, und der ist im Augenblick nicht da. Am Mittwochnachmittag ist immer Jungscharstunde.«

»Du glaubst doch nicht, daß Hartmut etwas dagegen hat?« fragt Hanneli.

»Das wissen wir nicht«, entgegnet die Mutter kurz und wendet sich dann wieder an ihren Gast.« Was tut Ihre Tochter jetzt? Sie ist doch ungefähr so alt wie unsre Hella.«

»Sie arbeitet in einer Behinderten-Werkstatt«, berichtet Gesines Mutter. »Dort kommt sie ganz gut zurecht. Es ist nur nicht das, was sie sich wünscht und was ihr Freude macht. Wie ich schon erwähnte: sie liebt Tiere – und Kinder. Aber ich weiß natürlich ganz gut, daß in dieser Hinsicht keine Aussichten bestehen für unsere behinderte Tochter. Wir müssen ja froh und dankbar sein, daß sie überhaupt eine nützliche Tätigkeit auszuführen gelernt hat. Ja, und weshalb ich eigentlich gekommen bin: ich möchte mich herzlich bedanken für die freundliche Einladung zum Behinderten-Fest am 3. Advent. Gesine freut sich schon sehr darauf.«

Nun verabschiedet sich Frau Blechschmidt, und die Bäckerinnen können in Ruhe ihren Plätzchen-Talkoo beenden.

Beim Abendbrot wendet sich Hanneli an ihren Bruder Hartmut: »Du, Hartmut, Frau Blechschmidt war heute nachmittag hier und hat sich unser Wisselnest angeschaut. Ihre Tochter Gesine wünscht sich so sehr einen Hund. Doch sie dürfen sich keinen halten in ihrer Mietwohnung. Der Hauswirt hat es verboten. Du hast doch bestimmt nichts dagegen, wenn Gesine manchmal mit Schorsch spazierengeht? Es würde ihr solche Freude machen.«

Hartmut zieht die Augenbrauen hoch und brummt: »Was? Diese Gesine? Mit meinem Schorsch? Nein, das kommt nicht in Frage.«

»Sei doch nicht so ungefällig, Hartmut«, mischt sich hier die große Schwester ein. »Wir wollen doch den behinderten Menschen helfen und ihnen Freude machen.«

»Ja, das wollen wir«, bestätigt Hartmut. »Darum veranstalten wir ja auch die Behinderten-Weihnachtsfeier am 3. Advent. Aber meinen Hund ausleihen – nein, das kann ich nicht. Dazu hab ich meinen Schorsch viel zu gern. Es wäre zu gefährlich. Erst neulich ist im Ulmenweg ein Hund überfahren worden. Wenn das meinem Schorsch passieren würde – nein, das könnt ich nicht ertragen.«

»Du bist ein Egoist«, wirft Hanneli ihrem Bruder vor.

»Er kann auch überfahren werden, wenn du ihn ausführst«, sagt Hella.

»Nein, dann paß ich schon auf«, behauptet Hartmut.

Jetzt klopft Vater Wisselmann mit der Hand auf den Tisch. »Ruhe, ihr Kinder! Hartmut hat recht: es ist sein Hund. Also kann er auch darüber verfügen. Wenn er es nicht wagt, ihn Gesine Blechschmidt anzuvertrauen, dann ist das seine Sache. Wir können seine Entscheidung nur zur Kenntnis nehmen.«

Hanneli klappt ihr Plappermäulchen vorerst zu. Aber vor dem Schlafengehen huscht sie schnell hinüber ins Zimmer ihrer großen Schwester. Hier fängt sie wieder an zu lamentieren: »Die arme Gesine! Ich finde es so gemein von Hartmut. Als er noch keinen Hund hatte, durfte er ja auch Herrn Dinkelhofers Dogge Adrian spazierenführen. Und er hat sogar noch Geld dafür gekriegt.«

»Es hat keinen Sinn, sich weiter darüber aufzuregen«, stellt Hella sachlich fest. »Wenn du ruhig nachdenkst, mußt du zugeben, daß Vati recht hat. Hartmut hat sich entschieden – daran läßt sich nichts mehr ändern. Wir müssen uns eben etwas anderes ausdenken, Hanneli. Eines Tages werden wir darauf kommen, wie wir Gesine helfen können.«

Nun schlüpft Hanneli getröstet ins Bett. Wenn die große Schwester, die immer so großartige Einfälle hat, die Sache in die Hand nimmt – muß sie da nicht zu einem guten Ende gebracht werden?

Donnerstag nach dem 2. Advent

Der Missionsabend

Alle Missionsfreunde aus Niederbimbach und Umgegend haben sich im großen Saal des Brunnenhofes eingefunden. Die Wisselmännchen sind vollzählig erschienen. Missionar Monsfeld aus Kolumbien ist ein großer, hagerer Mann mit sonnverbranntem, faltendurchzogenem Gesicht. Er erzählt von seiner Arbeit im Urwald unter den Indianern und zeigt in seinem Film die primitiven Verhältnisse, unter denen sie dort leben.

»Kolumbien gliedert sich in zwei verschiedene Klimazonen«, erzählt der Missionar. Im Westen ist die Gebirgslandschaft der Anden mit gemäßigten Temperaturen, je nach Höhenlage. Im Osten liegt das Tiefland, von tropischem Regenwald bewachsen und mit feuchtheißem Klima, denn der Äquator ist nicht weit entfernt. In diesem Tiefland ist das Arbeitsgebiet von Missionar Monsfeld.

Das Klima würde den Europäern dort schwer zu schaffen machen. Er selbst hätte sich zwar einigermaßen daran gewöhnt, aber seine Frau sei von zarter Gesundheit und hätte oft darunter zu leiden. Von den drei Kindern, die Gott ihnen schenkte, seien zwei bald wieder gestorben. Nur der Sohn Michael sei ihnen geblieben. Auch er sei nicht besonders kräftig, und sie hätten schon oft um seine Gesundheit und um sein Leben gebangt. Es wäre vielleicht besser gewesen, ihn nach Deutschland zu schicken, doch seine Frau hänge so sehr an diesem ihrem letzten Kind. Trotzdem würde nun bald die Trennungsstunde schlagen, denn Michael müßte auf eine Schule in

Deutschland, er sei schon elf Jahre alt. Bisher sei er von seiner Mutter und auch durch Fernunterricht ausgebildet worden.

Immer dann, wenn ihm und seiner Frau das Herz schwer werden will, rufen sie sich wieder ins Gedächtnis, wie nötig die Indianer sie brauchen. Niemand auf der Welt hat die Frohe Botschaft von Jesus so nötig wie sie. Ohne das Evangelium haben diese Volksstämme keine Kraft zum Überleben. Die Neuzeit ist zu plötzlich über sie hereingebrochen. Da sind sie äußerlich und vor allem innerlich nicht mitgekommen. Sie leben nicht in Unschuld und Glückseligkeit, wie manche Leute meinen, sondern von Furcht gejagt und ohne lebendige Hoffnung.

Die ältere Generation ist oft dem Alkohol verfallen und nicht mehr zu retten. Die Missionare versuchen nun, den Kindern und Jugendlichen das Evangelium nahezubringen, sie lesen und schreiben zu lehren und auch praktische Dinge, wie etwa Gesundheitspflege und vernünftige Ernährung. Manche Mütter wären so abgestumpft, daß ihnen der Tod ihrer Kinder nicht viel bedeute. Und die Kindersterblichkeit sei groß. Wenn zum Beispiel eine Masernepidemie ausbricht, sterben die Indianer in Massen dahin, weil sie keine Widerstandskraft haben. Ein Arzt ist auch weit und breit nicht zu erreichen. So ist die Krankenpflege eine der wichtigsten Aufgaben der Missionare. Dann verletzen sich die jungen Männer auch oft im Urwald beim Holzfällen und bei Schlägereien nach Trinkgelagen.

Bisher hätten erst einzelne Familien den Christenglauben angenommen. Die Arbeit sei wirklich nicht einfach, und manchmal möchte einem der Mut sinken. Deshalb brauchen die Missionare dringend die Fürbitte der Heimatgemeinde. Außerdem benötigen sie junge Mitarbeiter, die sich von Gott in diesen schweren und dennoch gesegneten Dienst rufen lassen.

Es ist fast beängstigend anzuschauen in dem Film, wie das kleine Missionsflugzeug auf der winzigen Startbahn mitten im Urwald landet. Wie primitiv sehen die Hütten der Indianer aus! Eines fällt den Zuschauern besonders auf: der Unterschied zwischen den heidnischen und den christlichen Indianern. Sie zeigen einen völlig verschiedenen Gesichtsausdruck; die ersteren blicken finster, ja, beinahe unheimlich drein; die anderen haben eine heitere Miene und schauen den Betrachter frei und offen an.

Nach dem Missionsvortrag und der Filmvorführung bedankt sich Herr Brunner bei Missionar Monsfeld, der in der Nähe Verwandte besucht habe und trotz seiner knappen Zeit bereit gewesen sei, einen Abstecher nach Niederbimbach zu machen. Nun wird eine Kollekte eingesammelt für die Missionsarbeit in Kolumbien. Dann dürfen sich die Gäste an Tee und belegten Broten erquicken.

»Der Abend ist so schön – wollen wir einen Gang durch den Park machen?« fragt Stefan Brunner Hella Wisselmann. Sie wundert sich ein bißchen, ist jedoch gern dazu bereit.

Ja, der Abend ist wirklich schön, gar nicht wie im Dezember. Hell scheint der Mond durch die kahlen Äste der Bäume.

»Ich möchte dir etwas anvertrauen, was ich bisher noch keinem Menschen gesagt habe«, beginnt Stefan. »Ich fühle mich stark zur Medizin hingezogen. Vielleicht könnte ich dann eines Tages zu den Indianern gehen und ihnen helfen.«

»Du denkst an ein Urwaldkrankenhaus, wie es Albert Schweizer in Lambarene gegründet hat?« fragt Hella gespannt. »Du, das ist eine großartige Idee!«

»Vorerst denke ich an kein Krankenhaus, sondern nur an das Medizinstudium«, bremst Stefan Hellas Begeisterung.

Da fällt Hella etwas ein. »Du, Stefan, das geht doch gar nicht«, sagt sie niedergeschlagen. »Ihr habt doch den Brunnenhof, der muß ja weitergeführt werden. Du kannst ja nicht Medizin studieren.«

»Ich habe noch einen Bruder«, lächelt Stefan. »Hubert würde bestimmt einen ausgezeichneten Landwirt abgeben.«

»Ja, dann . . . « atmet Hella auf und fährt lebhaft fort: »Du mußt aber mit deinen Eltern sprechen, Stefan, wenn du es ernstlich vorhast.«

»Das hat noch Zeit«, entgegnet Stefan ruhig, »bis nach dem Abitur. Das andre will ich Gott überlassen. Vielleicht würden sich meine Eltern zuerst ein bißchen aufregen, sie haben in mir stets den Erben gesehen, weil ich halt der Älteste bin. Ich hatte heute nur das Bedürfnis, nach diesem Vortrag mit einem Menschen darüber zu reden. Und dieser Mensch solltest du sein, Hella. Aber du hältst dicht, nicht wahr?«

»Na klar. Ehrensache!« beteuert Hella und drückt Stefan fest die Hand.

»Hella! wo steckst du? Wir wollen heimfahren!« ruft Vater Wisselmann. Da kehren die beiden jungen Menschen schnell ins Gutshaus zurück.

»Von jetzt ab werde ich jeden Tag für Michael Monsfeld beten!« verkündet Hanneli auf der Heimfahrt!

»Wer ist denn das?« erkundigt sich Hartmut.

Hanneli schleudert einen vernichtenden Blick auf ihren lieben Bruder. »Du hast wohl geschlafen bei dem Missionsvortrag, was?« faucht sie. »Michael ist der Sohn von Missionar Monsfeld – der einzige, der am Leben geblieben ist. Und er ist genauso alt wie ich: elf Jahre.«

Nun, Hartmut hat nicht geschlafen. Er hat neben Silvia gesessen. Manchmal haben sie ein bißchen miteinander geplaudert. Ganz leise. Über Pferde.

An diesem Abend steht Hella wieder am Fenster, wie schon vor zwei Tagen. Und wieder muß sie über viele Dinge nachdenken. Warum wollte Stefan gerade mit ihr über sein tiefstes Geheimnis reden? Ob Gott ihn wirklich in die Mission ruft? Und wie wäre es, wenn Gott auch sie, Hella Wisselmann, eines Tages rufen würde? Hat ihr Herr Ihlig nicht erst neulich vorgeschlagen, Medizin zu studieren? Sogar das Geld liegt schon dafür bereit . . . Viele Fragen – ernste Fragen – die Hellas Herz lauter klopfen lassen. Dann beruhigt sie dieses ungestüm pochende Ding in ihrer Brust mit Stefans Worten: »Das alles hat noch Zeit. Zuerst kommt das Abitur. Und am Sonntag ist unsere Behinderten-Feier.«

Freitag nach dem 2. Advent

Ein Gespräch im ›Süßen Eck‹

Nach der Schule sagt Annelore Wienhold zu ihrer Freundin Hella Wisselmann: »Für heute nachmittag lade ich dich ein ins Café ›Süßes Eck‹ zu heißer Schokolade und Schwarzwälder Kirschtorte.«

Hella macht ein erstauntes Gesicht. »Ja, wieso denn? Es hat doch keiner Geburtstag! Oder gibt es sonst etwas zu feiern? Hattest du nicht auch ein Gelübde abgelegt, in der Adventszeit nie mehr ins ›Süße Eck‹ zu gehen?«

»Das war im vorigen Jahr«, erklärt Annelore. »Und da tat ich es auch nur Frau Schönknecht zuliebe. Von dem Geld, was sie sich durch den Verzicht auf die Café-Besuche ersparte, hat sie dann Strohsterne bei uns bestellt. Sag selbst: hat sich das nicht gelohnt? In diesem Jahr habe ich nichts Derartiges versprochen. Echte Buße ist auch etwas anderes als nur der Verzicht auf Schleckereien – soviel habe ich inzwischen begriffen.«

»Da hast du recht«, erwidert Hella. »Trotzdem will es mir nicht einleuchten, weshalb man in der Adventszeit unbedingt sein Geld in Kaffeehäuser tragen soll.«

»Nicht unbedingt – nur dies eine einzige Mal«, drängt Annelore. »Ich muß eine sehr wichtige Sache mit dir besprechen.«

»Und das muß im ›Süßen Eck‹ geschehen?«

Annelore nickt. »Ja. Denn dort sind wir sicher.«

Da muß Hella laut lachen. »Sicher! Etwa vor Lauschern? Weißt du nicht mehr, wie du mich damals vor drei Jahren überredet hast, meine Flötenstunde bei Frau Rosenblatt zu schwänzen und mit dir ins ›Süße Eck‹ zu gehen? Ich Dummkopf habe nachgegeben, und wer marschierte herein, als wir eben Platz genommen hatten in besagtem Café? Niemand anders als Frau Rosenblatt! Ich wäre am liebsten in den Boden versunken, so hab' ich mich geschämt.«

»Es ist doch alles gut ausgegangen«, meint Annelore tröstend. »Frau Rosenblatt war einfach reizend. Sie hat uns beide eingeladen, weil es gerade ihr Geburtstag war. Das vergesse ich ihr nie! Seitdem habe ich nur die angenehmsten Erinnerungen an das ›Süße Eck‹. Heute muß ich wieder hin. Und du mußt mit. Denn was ich dir zu sagen habe, das läßt sich dort am besten erzählen.«

»Na schön«, seufzt Hella. »Wann treffen wir uns dort? Um vier?«

Damit ist Annelore einverstanden. Was mag sie nur auf dem Herzen haben? überlegt Hella. Sie hat keine Ahnung, was es sein könnte.

Doch sie ist pünktlich zur Stelle. Und da kommt auch Annelore angelaufen, reizend anzusehen in ihrer weißen Pelzjacke aus Kaninchenfell, dazu die blaue Strickmütze und die blauen Hosen.

Im Café ist es um diese Zeit ziemlich voll. Suchend blicken sich die beiden Mädchen um. »Also wirklich, Annelore«, meint Hella, »bei euch zu Hause wären wir doch völlig ungestört, deine Eltern sind ja nachmittags beide nicht da.«

»Zu Hause ist man nie ungestört«, belehrt Annelore sie. »Da geht die Türglocke – da klingelt das Telefon – man weiß nie, wer alles hereinschneien könnte. – Aha, dort hinten in der Ecke wird eben ein Tisch frei. Los, Hella! Beeilen wir uns!«

Es glückt. Die beiden Freundinnen erobern den kleinen runden Tisch. Aufatmend setzen sie sich auf die bequemen weißen Stühle mit den blauen Polstern. Ja, hübsch ist es hier im ›Süßen Eck‹. Der Teppichboden und die Vorhänge sind in Blau gehalten – sie zeigen den gleichen Farbton wie die Polster der Stühle. Auf den Tischen brennen schmucke kleine Lämpchen mit blauen Lampenschirmen. »Du paßt genau hierher, Annelore«, scherzt Hella, »mit deiner blauen Hose und dem weißen Pulli.«

Eine der weißbeschürzten Kellnerinnen tritt an den Tisch der Freundinnen und nimmt die Bestellung auf. Erst nachdem Annelore eine halbe Tasse von der heißen Schokolade getrunken und mehrere Bissen von ihrer Lieblingstorte gekostet hat, löst sich ihre Zunge. Vorher späht sie noch vorsichtig in die Runde, ob auch niemand Bekanntes in der Nähe sitzt. Nein, dort erblickt sie nur lauter fremde Gesichter!

»Du machst es spannend!« lacht Hella und läßt sich die Schwarzwälder Kirschtorte schmecken.

»Ach was, es handelt sich nur um eine simple Anfrage«, legt Annelore los. »Hattest du nicht gesagt, daß wir noch Gäste einladen dürfen zur Jugend-Weihnachtsfeier am 4. Advent?«

»Freilich«, bestätigt Hella. »Hast du jemanden auf dem Kieker?«

Annelore nickt heftig. »Er heißt Norman Wagendorf. Ich habe ihn auf der Städtischen Musikschule kennengelernt. Er ist sehr musikalisch, ein großes Talent.«

Hella holt sofort ihr Notizbüchlein hervor, um den Namen zu notieren. »Geht in Ordnung, Annelore«, murmelt sie dabei. »Versteh gar nicht, warum du so geheimnisvoll tust. Oder stimmt etwas nicht mit diesem Jungen?«

Annelore wird rot. »Es ist ein Haken dabei«, flüstert sie. »Meine Eltern wünschen nicht, daß ich mit ihm verkehre.«

»Sicher finden sie, du seist noch zu jung«, überlegt Hella.

»Das bin ich nicht!« behauptet Annelore sehr entschieden. »Ich werde bald siebzehn. Da ist man nicht zu jung, um einen Freund zu haben. Früher haben Mädchen in unserem Alter schon geheiratet.«

Hella zuckt die Achseln und nimmt noch einen großen Schluck von der Schokolade. »Na ja, früher . . . Da waren dann aber die Männer wenigstens älter und hatten schon einen Beruf und eine Stellung. Wie alt ist denn dieser Norman?«

»Er ist achtzehn, also schon mündig«, erwidert Annelore. »Vom Heiraten ist überhaupt nicht die Rede, daran denke ich noch lange nicht. Und er erst recht nicht; der hat nur seine Musik im Kopf. Wir sind nicht mal verliebt, bestimmt nicht. Ich möchte ihm nur helfen. Weiter nichts. Denn er hat es nötig, daß man ihm hilft.«

»Und was haben deine Eltern dagegen einzuwenden?« erkundigt sich Hella. –

»Sie haben nichts dagegen, daß ich einen Freund habe«, sprudelt Annelore hervor, und ihre sonst so sanften, träumerischen blauen Augen blitzen plötzlich auf. »Meine Mutter war auch nicht älter, als sie ihre ersten Jungen-Bekanntschaften schloß. Nein, nein, du mußt nicht denken, daß sie etwa altmodisch wären. Das sind sie nicht. Der Norman ist ihnen nur nicht fein genug. Er kommt aus keiner angesehenen Familie, und Geld hat er auch keins. Er ist in einem Heim aufgewachsen. Deshalb lehnen sie ihn ab.«

»Dafür kann er doch nichts«, stellt Hella sachlich fest.

»Natürlich nicht!« ruft Annelore erregt. »Es gefällt ihnen auch nicht, daß er in einer Band spielt. Ihm selber gefällt das auch nicht besonders, aber irgendwie muß er sich ja das Geld für sein Musikstudium verdienen. Er möchte Organist und Chorleiter werden. Das wird er auch schaffen. Doch der Weg dorthin ist lang und schwer, weil Norman ganz allein dasteht auf der Welt. Da er mündig ist, brauchte er nicht länger im Heim zu wohnen. Nur – wo soll er eine preiswerte Unterkunft finden? Viele Leute denken so wie meine Eltern. Wenn sie hören, daß er ein ›Heimkind‹ ist, schlagen sie ihm sofort die Tür vor der Nase zu. Und dann braucht er ja auch ein Klavier zum Üben. Im Heim gibt es eines, wenn es auch alt und total verstimmt ist.«

Nachdenklich schiebt sich Hella das letzte Stück der Torte in den Mund. »Ich glaube, du hast recht«, meint sie dann. »Einem solchen Menschen muß man helfen. Das ist eine Aufgabe für den Wima-Hilfsdienst.«

Annelore atmet hörbar auf. »Ich wußte, daß du mich verstehen würdest, Hella. Aber wie machen wir es nun? In der Bibel steht, daß wir unsre Eltern ehren und ihnen gehorchen sollen. Sie können es nicht verhindern, daß ich Norman in der Musikschule sehe. Doch sie möchten nicht, daß ich mich außerhalb der Schule mit ihm treffe.«

»Hm, was ist da zu tun?« grübelt Hella und sucht angestrengt nach einer Lösung. Plötzlich hellt sich ihre Miene ein wenig auf. »Ich sehe eine Möglichkeit«, sagt sie zögernd. »Ich könnte diesem Norman Wagendorf im Namen des Wima-Hilfsdienstes eine Einladung zu unserer Jugend-Weihnachtsfeier schicken. Das ist vielleicht nicht ganz korrekt deinen Eltern gegenüber, Annelore, aber wenn dieser ganz alleinstehende junge Mann wirklich Hilfe braucht, denke ich schon, daß wir es verantworten können. Offiziell hast du dann ja nichts damit zu tun, und wenn ihr euch bei der Weihnachtsfeier begegnet, so geschieht das in einem so großen Kreis, daß niemand etwas dagegen einwenden kann.«

»O Hella, du bist ein Engel!« ruft Annelore erleichtert und umarmt ihre Freundin.

Hella räuspert sich. »Das würde ich nicht sagen. Sehr engelhaft ist es nicht, daß wir deinen Eltern auf diese Weise ein Schnippchen schlagen. Es stimmt auch nicht, daß der gute Zweck in jedem Fall die Mittel heiligt. Richtig wohl ist mir nicht dabei, doch leider fällt mir kein anderer Weg ein. Wir müssen diesem jungen Musikus helfen und ihn deshalb zuerst mal kennenlernen. Vielleicht gelingt es dann später einmal, deine Eltern umzustimmen. Sie sind ja nur von Vorurteilen eingenommen, die wahrscheinlich gar nicht stichhaltig sind. Ich will nicht behaupten, daß ich einer solchen heiklen Aufgabe gewachsen wäre. Aber wir haben ja auch Erwachsene bei uns im Wima-Hilfsdienst, wie z. B. Henny Fiedler oder Alf Rodewald. Die haben schon mehr Lebenserfahrung als wir und werden uns raten und weiterhelfen können. Also, laß den Mut nicht sinken, Annelore! Wir stehen alle zusammen, wir vom Wima-Hilfsdienst. Und wenn dein Freund Lust dazu hat, soll er auch zu unserm Kreis gehören.«

Annelore stößt einen tiefen Seufzer aus. Ja, nun schöpft sie wieder neue Hoffnung; nun ist sie getröstet.

Samstag nach dem 2. Advent

Was ist los mit Elena?

Hanneli Wisselmann und ihre italienische Freundin Elena Piatti gehen von der Kinderstunde nach Hause. Seit Hanneli im Heckenweg wohnt, sehen die Freundinnen einander nicht mehr so oft. Aber nach der Kinderstunde bleiben sie meistens noch zusammen. Sie gehen entweder zu Wisselmanns oder zu Piattis im Pappelweg. – Heute erzählt Hanneli begeistert, daß die Klappstühle und die Tische für den Clubraum eingetroffen sind.

»Gerade noch zur rechten Zeit!« ruft Hanneli triumphierend. »Das Behinderten-Fest morgen wird nun unser erstes Fest im Clubraum. Alles soll so schön wie möglich werden. Onkel Holger Heidekamp hat versprochen, uns einen Haufen Tannenzweige zu bringen aus dem Garten von Haus Tannengrün. Henny Fiedler will Girlanden daraus flechten. Sie kann das, sie ist so geschickt. Damit wollen wir dann die Wände schmücken. Das wird gut aussehen – meinst du nicht? Kommst du heute mit zu uns? Dann kannst du mithelfen beim Herrichten und Ausschmücken des Clubraumes.«

Elena schüttelt den Kopf. »Nein, heute nicht. Ich dachte, du würdest mitkommen zu uns. Das hast du mir versprochen. Das letzte Mal.«

»Das stimmt«, gibt Hanneli zu. »Leider geht es heute nicht. Denn es gibt noch sooo viel zu tun.«

»Immer viel zu tun – du immer!« murrt Elena.

»Dafür sehen wir uns ja morgen beim Behindertenfest«, fährt Hanneli hastig fort. »Du kommst doch – nicht wahr, Elena? Vielleicht dürfen wir beide Tee einschenken. Es soll herrlichen roten Früchtetee geben.«

»Weiß noch nicht«, murmelt Elena und zieht die schwarzen Augenbrauen zusammen.

Was hat sie nur? denkt Hanneli. Was ist nur mit ihr los? Irgend etwas stimmt da nicht. »Ja, warum denn nicht?« fragt Hanneli erstaunt. »Erwartet ihr vielleicht Besuch aus Amerika?«

»Nein«, erwidert Elena kurz angebunden. »Sag mir eine Sache, Hanneli: kommt das kleine Heidi morgen auch?«

»Meinst du Heidi Dalek?« erkundigt sich Hanneli. »Die ist doch erst fünf, die kann nicht allein zu Hause bleiben. Wenn ihre Mutter kommt – und das hat sie uns versprochen –, dann muß sie Heidi mitbringen.«

»Nun, dann du hast genug Leute. Brauchst keine Elena. Ich auch bloß eine Ausländer. Machst dir nichts aus ihr.«

»Elena! Wie sprichst du denn!« sagt Hanneli vorwurfsvoll. »Sind wir denn nicht Freundinnen – schon seit mehr als vier Jahren? Sind wir nicht zusammen auf einem Schlitten gefahren, auf unserm ›Fliegenden Holländer‹? Und wer hat Hellas schöne rote Handschuhe, die ich mir ausgeliehen hatte, zu nahe an den heißen Ofen gehängt? Das war ich selber – ja, ja! Und doch wurde mir aus der Patsche geholfen. Ein Mädchen namens Elena hat die beschädigten Handschuhe wieder repariert. Das werde ich ihr nie vergessen!«

»Hast es doch vergessen«, behauptet Elena. »Steckst immer bei das Heidi. Liebst das Heidi mehr als mir.«

Hanneli starrt ihre Freundin verständnislos, an. »Was redest du denn da? Ich verstehe kein Wort! Du bist doch nicht etwa eifersüchtig – eifersüchtig auf die arme Heidi Dalek?«

Elena nickt heftig. »Bin ich. Sehr süchtig! Sind wir alle, wir Piattis. Furchtbar süchtig!« Dabei rollt sie fruchterregend ihre schwarzen Augen.

Das reizt Hanneli zum Lachen. »Eifer-süchtig heißt es«, verbessert sie ihre Freundin und fährt dann streng fort: »Das ist doch alles Unsinn, Elena! Wie kannst du eifersüchtig sein auf Heidi Dalek? Denk doch nur, was du alles hast: Papa und Mama und Brüder und Schwestern und ein richtiges Heim. Heidi Dalek hat das alles nicht. Ihr Vater hat die Familie im Stich gelassen, ihre Mutter ist querschnittgelähmt, und sonst hat sie niemanden auf der Welt. Sie wohnt in einem sehr alten Behelfsheim, das schon ziemlich baufällig ist, wie Markus Ahlrich gesagt hat.«

»Ach was, wir haben der alten Hütten ganz schön restauriert«, findet Elena. »Haben alle mitgeholfen – war schwere Arbeit. Hab nix gegen Frau Dalek – ist nettes Frau. Aber das Heidi – das tust du verwohnen, Hanneli.«

»Du meinst wohl verwöhnen«, sagt Hanneli. »Und wieso tu ich Heidi verwöhnen?«

»Du hast ihr dein Bambino Paolo geschenkt«, erinnert Elena. –

Das kann Hanneli nicht abstreiten. Vor einem Jahr hat sie ihre geliebte Babypuppe Paulchen an Heidi Dalek verschenkt. »Das mußte ich doch tun«, versucht sie es zu erklären. »Ich kann mich noch genau erinnern an meinen ersten Besuch bei Daleks. Da hab' ich gesehen, daß Heidi nur eine einzige Puppe hatte, und die war alt, mit einem ganz verbeulten Kopf. Ich schlug meiner Schwester Hella vor, für Heidi eine neue Puppe zu kaufen zur Behinderten-Weihnachtsfeier von dem Geld, das wir mit den Strohsternen verdient hatten. Doch Hella war anderer Meinung. Sie fand, daß die Daleks viel nötiger warme Sachen brauchten, weil es so kalt und zugig war in ihrem

Behelfsheim. ›Schenk ihr doch eine von deinen Puppen!‹ sagte sie. Ich hatte aber doch nur noch zwei, Babette und Paulchen. Und Babette konnte ich nicht hergeben, denn die hat Tante Hundertmark bestrickt, als sie vor zwei Jahren mein Wichtel war. Wir beide, Babette und ich, haben alles gleich, alles in den Farben Weiß, Rot, Grün und Gelb: Pullover, Mütze, Schal und Handschuhe. Babette mußte ich also behalten. Da blieb nur Paulchen übrig. Ich hab' ihn weggeschenkt, mit allem was dazu gehört: Wärmflasche, Schnuller, Klapper, Nuckelfläschchen, Strampelhöschen, Lätzchen. Es ist mir nicht leicht gefallen, das darfst du mir glauben.«

»Ja, du hast dein Bambino an das Heidi geschenkt«, bestätigt Elena. »Aber dein Herz war noch bei ihn und hat an ihn gehängt. Darum läufst du so oft zu das Heidi. Um dein Bambino zu sehen. Und es freut dir auch und gefällt dir, daß Heidi dir liebt und verwundert.«

»Bewundert«, verbessert Hanneli mechanisch.

»Ja, sie bewundert dir und anbetet dir. Zu Hause bist du bloß immer kleines Hanneli, das hat nicht viel zu sagen. Für Heidi bist du großes, schönes, herrliches Mädchen. Das gefallt dir, und darum gehst du so gerne zu das Heidi. – Nun muß ich mir beeilen, denn Mama wartet. Tschüs, Hanneli, und geh nur immer zu Heidi! Jedes Mensch hat das gern, wenn es bewundert und geanbetet wird.«

Die kleine Elena läuft davon auf ihren flinken Beinen, Hanneli steht verblüfft und verdattert da. »Das stimmt nicht!« denkt sie empört. Doch ganz sicher ist sie nicht. Ist vielleicht doch ein Körnchen Wahrheit in dem, was Elena ihr vorgeworfen hat?

Langsam und mit gesenktem Kopf trottet Hanneli nach Hause ins Wisselnest. Zum Glück wartet hier noch eine Menge Arbeit auf sie. Da müssen noch Plätzchen und Süßigkeiten in die Weihnachtstüten verteilt werden, da sind Servietten zu falten, Geschenke zu verpacken und die letzten Tischkärtchen zu malen.

Am Abend, als alles erledigt ist und die andern Helfer gegangen sind, schlüpft Hanneli zur Mutter ins Wohnzimmer. Sie schüttet ihren ganzen Kummer in das treue Herz der Mutter aus. »Findest du es falsch, Mutti, daß ich oft drüben bei Daleks bin? Sie sind doch nun mal unsere nächsten Nachbarn. Elena liebe ich trotzdem, und ich freue mich immer, wenn ich mit ihr zusammen bin.«

»Du stehst da vor einem Problem, das große und kleine Leute gleichermaßen angeht«, erwidert Frau Wisselmann. »Über neuen Freunden sollen wir niemals die alten vernachlässigen. Das wäre nicht richtig und nicht schön. Es mag manchmal etwas schwierig sein, hier den richtigen Kurs zu finden. Aber Gott wird uns dabei helfen, wenn wir ihn darum bitten – wie bei allen anderen Schwierigkeiten auch. Du mußt es Elena spüren lassen, daß du sie noch genauso liebhast wie früher. Warum unternehmt ihr nicht mal etwas miteinander, ihr drei, – du, Elena und Heidi?«

»Elena will morgen nicht kommen, weil sie Heidi nicht begegnen mag«, gesteht Hanneli kleinlaut. – »Sie wird schon kommen, wenn wir es richtig anfangen«, ermuntert Frau Wisselmann ihre Jüngste. »Morgen im Kindergottesdienst werdet ihr sie ja sehen. Dann soll Hella noch einmal mit ihr sprechen. Sie soll ihr sagen, daß wir sie dringend brauchen bei der Behinderten-Feier. Und dann übergeben wir ihr die Aufgabe, auf Heidi aufzupassen.«

Hanneli reißt ihre Blauaugen verdutzt auf. – »A-aber – a-aber – s-sie mag Heidi doch nicht leiden«, stottert sie. »Dann ist sie vielleicht häßlich zu ihr und haut sie, um sich an ihr zu rächen.«

Frau Wisselmann schüttelt den Kopf. »Nein, das

glaube ich nicht. Elena ist sehr kinderlieb. Sie wird Heidi gernhaben, wenn sie das Kind erst näher kennt. Dann wird sie nicht mehr eifersüchtig sein.«

»Mutti weiß immer Rat«, denkt Hanneli glücklich und beruhigt. »Wie gut, daß wir sie haben und mit unseren Kümmernissen zu ihr gehen dürfen!«

Der 3. Advent

Lichtträger

Mutter Wisselmann hat recht behalten. Nachdem Hella auf Elena eingeredet und ihr versichert hat, wie nötig sie bei der Behinderten-Weihnachtsfeier gebraucht würde, ist sie pünktlich im Wisselnest erschienen.

Elena staunt, wie hübsch der Clubraum aussieht mit den neuen Tischen und Stühlen und den Tannengirlanden. Hella hat alles umsichtig organisiert. Die meisten der Freunde vom Wima-Hilfsdienst haben für heute nachmittag einen ›Schützling‹ zugeteilt bekommen.

So soll sich zum Beispiel Hanneli Wisselmann mit dem spastisch-gelähmten Jungen Konrad beschäftigen, und Elena Piatti ist tatsächlich die Betreuung von Heidi Dalek, dem jüngsten Gast des Festes, anvertraut worden. Gudrun Winter sorgt für einen sehr unruhigen, verhaltensgestörten Jungen, während sich Dietmar Piepenbrink mit vielen Grimassen in der Zeichensprache übt, um einen hörgeschädigten Buben zu unterhalten. Silvia plaudert mit einem blinden Jungen über Pferde. Hella Wisselmann behält Gesine Blechschmidt im Auge, und die kleine Flo spielt mit einem Mädchen, das an einer schweren Sprachstörung leidet.

Das Programm läuft ähnlich ab wie bei der Alten-Adventsfeier. Nur wird gleich zu Anfang Hannelis liebstes Adventslied »Macht hoch die Tür« mit Flötenbegleitung gesungen und dann noch auf Wunsch der Kinder das Lied »Leise rieselt der Schnee«. Es hat nämlich gerade angefangen zu schneien! Auch diesmal werden Bernd Riesingers Zauberkunststücke sehr bestaunt.

Die Freunde vom Wima-Hilfsdienst sind dankbar, daß Schwester Dora auch gekommen ist. Sie weiß, was zu tun ist, wenn eines der behinderten Kinder unruhig wird. Auf ihren Rat hin wird das Programm während des Teetrinkens fortgesetzt. Hanneli, Elena und Flo schenken den erfrischenden Früchtetee ein und versorgen die Gäste mit Plätzchen, Weihnachtsstollen und Honigkuchen.

Henny Fiedler liest wieder die Weihnachtslegende »Die Heilige Nacht« von Selma Lagerlöf vor. Rosedore Dohm hat diesmal ein anderes Weihnachtsgedicht ausgewählt. Es heißt »Das Lied vom verlorenen Jesuskind« und ist von dem französischen Dichter Jean Anouilh geschrieben worden. Darin erzählt er, wie das Jesuskind in der Krippe plötzlich nicht mehr zu sehen ist. Maria und Josef und die Weisen aus dem Morgenland suchen es überall und fragen: »Wo bist du, Jesuskind?« – Da hören sie es antworten: »Ich bin im Herzen der Armen, die ganz vergessen sind. – Ich bin im Herzen der Kranken, die arm und einsam sind.« Auch heute rufen die Menschen: »Wo bist du, Jesuskind?« – »Ich bin im Herzen der Heiden, die ohne Hoffnung sind!«

Annelore singt diesmal das schöne alte Adventslied: »Es kommt ein Schiff geladen«. Sie sieht sehr blaß, ja, beinahe durchsichtig aus und kämpft gegen Hustenanfälle.

Als sie ihr Lied mit Anstrengung beendet hat, tritt Stefan Brunner unauffällig zu ihr und sagt leise: »Du bist erkältet, Annelore. Ich werde dich nach Hause fahren . . . Dann trinkst du etwas Heißes – Hustentee oder Zitronenwasser mit Honig –, nimmst ein Aspirin und legst dich zu Bett.«

»Ich bin nicht krank – ich will nicht ins Bett – so kurz vor Weihnachten«, widersetzt sich Annelore.

»Wenn du ein braves, folgsames Mädchen bist, kannst du vielleicht morgen schon wieder zur Schule gehen«, ermuntert sie Stefan. »Doch wenn du deinem Körper nicht gewährst, was er braucht, könntest du ernstlich krank werden.«

»Sie hat bestimmt Fieber«, denkt er. »Sie hätte unbedingt schon heute im Bett bleiben müssen. Wieso haben es ihre Eltern nicht gemerkt und ein Machtwort gesprochen? So ein zartes Mädchen – das hält nicht viel aus.«

Nur zögernd folgt Annelore Stefan, nachdem sie sich rasch von Hella verabschiedet hat. Er fährt sie nach Hause in den Ahornweg und kehrt dann wieder zurück ins Wisselnest. Dort wird jetzt gerade auf Flos Bitte hin das Lied vom »Lichttragen« gesungen:

»Tragt zu den Kranken ein Licht!
Sagt allen: Fürchtet euch nicht!
Gott hat euch lieb, groß und klein.
Seht auf des Lichtes Schein!«

Dies Lied ist einfach zu verstehen und leicht zu singen, so fallen die Behinderten bald mit ein und singen wacker mit. Hella und Gudrun begleiten auf der Flöte.

Nach diesem Lied ergreift Frau Dalek das Wort. »Ja, ihr Kinder und ihr jungen Leute, ihr Großen und ihr Kleinen, ihr Gesunden und ihr Behinderten, dieses Lied sagt uns etwas sehr Wichtiges. Wir können Menschenleben retten, wenn wir ein Licht tragen zu denen, die im Dunkeln sind. Vor einem Jahr gehörte ich auch zu diesen Armen. Ich versuchte wohl, mein Schicksal tapfer zu tragen, aber manchmal wollte ich verzweifeln.

Als ich durch einen Unfall an der Wirbelsäule verletzt und querschnittgelähmt wurde, war das sehr hart für mich. Dann ließ mein Mann mich und meine kleine Tochter im Stich. Ich fand keine andere behindertengerechte Wohnung als das alte, baufällige Behelfsheim hier am Heckenweg. Doch da, in meiner tiefsten Not, kamen zwei Lichtträgerinnen in unsere Hütte: Hella und Hanneli Wisselmann. Sie haben mir wieder Mut gemacht, und sie und ihre Freunde haben uns dann auch tatkräftig geholfen. Jetzt kann ich wieder an Gottes Liebe glauben.

Die Sonne am Himmel ist wohl immer da, aber in der Nacht können wir sie nicht sehen. Dann brauchen wir den Mond, der kein eigenes Licht hat, sondern nur das Licht der Sonne widerstrahlt. So brauchen wir auch Menschen, die Gottes Liebe widerspiegeln, damit die sie sehen können, die im Dunkeln sind und die Sonne nicht wahrnehmen. Heute danke ich allen unsern lieben ›Monden‹, die mein Leben und das meiner kleinen Tochter wieder hell gemacht haben, so daß wir nun die Sonne der Liebe Gottes wieder erkennen können.«

»Wie recht Sie haben, Frau Dalek!« ruft Alf Rodewald. »Auch ich saß vor einem Jahr im Finstern und bedauerte mich selbst, weil ich ein Bein verloren hatte und nun für mein Leben ein Krüppel war. Da sind auch zu mir zwei Lichtträgerinnen gekommen: Hella Wisselmann und Gudrun Winter. ›Die Hella hat gut reden‹, dachte ich verbittert, ›der ist es immer gut gegangen im Leben‹. – Bei Gudrun war das anders. Sie hatte schon als Kind durch einen Autounfall beide Eltern verloren. Ihr Licht leuchtete in meine Nacht. Sie wurde mein Weihnachtsstern, der mir – wie einst den Weisen aus dem Morgenland – den Weg wies zum Kind in der Krippe.«

Zum Schluß erscheint der Weihnachtsmann persönlich mit einem riesigen Korb. Daraus verteilt er Geschenke an alle Behinderten. Wie fein er sich verkleidet hat, der lange Stefan, denkt Hanneli und lacht heimlich in sich hinein.

Großer Jubel herrscht im Clubraum, als die schönen

Geschenke ausgepackt wurden. Frau Dalek hat einen herrlichen Pullover bekommen und Heidi einen wunderhübschen Schulranzen, denn im nächsten Herbst soll sie eingeschult werden. Gesine Blechschmidt packt einen reizenden Dackel aus – einen zum Liebhaben – aus Perlonplüsch!

Der blinde Junge Gabriel kriegt einen Kassettenrecorder mit verschiedenen Kassetten. »Bald kann ich auch lesen«, verrät er Silvia. »Ich lerne schon fleißig die Blindenschrift«.

»Wenn ich gesund wäre, würde ich auf dem Brunnenhof eine Reitschule einrichten«, denkt Silvia. »Auch blinde und behinderte Kinder können reiten lernen. Es ist gut für sie, macht ihnen Freude und stärkt ihr Selbstbewußtsein.«

Nachdem noch die Weihnachtstüten an die Gäste verteilt worden sind, wird es allmählich wieder ruhiger im Clubraum. Nach den Behinderten verabschieden sich auch die Helfer, einer nach dem andern.

Zuletzt sind nur noch Hella und Hanneli übrig. Sie räumen gerade die letzten Tassen fort. »In einer Woche feiern wir unser Jugend-Weihnachtsfest!« ruft Hanneli frohgemut. »Ich freu' mich riesig darauf. Hast du schon ein Geschenk besorgt, Hella?«

»Ja«, erwidert die große Schwester kurz angebunden. Mehr verrät sie nicht.

»Ich werde Elena etwas schenken«, fährt Hanneli fort, »eine Schmetterlingsbrosche. Nichts Echtes natürlich, soviel Geld habe ich ja nicht. Aber ganz reizend!«

»Sie wird sich bestimmt freuen«, meint Hella.

Hanneli nickt. »Das hoffe ich auch! Ich bin so froh, daß sie sich nun mit Heidi angefreundet hat. Es war schön heute – nicht wahr, Hella? Und wie schön wird es erst am nächsten Sonntag sein!«

Montag nach dem 3. Advent

Gerhard macht Vorschläge

In der Frühstückspause gesellt sich Gerhard Röder zu seinem Freund Hartmut Wisselmann. »Du, Hartmut, hast du nicht gesagt, wir könnten noch Gäste einladen zur Jugend-Weihnachtsfeier?« erkundigt er sich.

Hartmut nickt. »Ja, wenn du welche weißt, die dazu geeignet wären, dann los! Im Clubraum haben wir ganz schön Platz, das hat man gestern gemerkt.«

Gerhard zuckt die Schultern. »Na ja, da ist zum Beispiel mein Bruder Andy. Der läßt mir keine Ruhe mehr. Er will unbedingt mitmachen beim Wima-Hilfsdienst.«

»Warum nicht?« meint Hartmut. »Oder möchtest du ihn nicht dabei haben?«

Gerhard hüstelt verlegen. »Hm, er ist nicht übel, bloß noch so arg kindisch und verspielt. Und dann ist er so schrecklich empfindlich und spielt gleich den Beleidigten. Vor einem Jahr tat er die ganze Adventszeit gekränkt, weil er nicht mit uns Strohsterne fabrizieren durfte. Aber sag selbst: was hätte ich tun sollen? Beim Basteln stellt er sich furchtbar ungeschickt an. Und für die Kundenwerbung wäre er doch auch ungeeignet gewesen.«

»Wie alt ist er jetzt?« möchte Hartmut wissen.

»Zwei Jahr jünger als ich«, sagt Gerhard zögernd.

»Also zwölf«, stellt Hartmut fest. »Dann ist er eigentlich alt genug. Für irgendeine Aufgabe werden wir ihn schon gebrauchen können. Hella wird bestimmt etwas einfallen. Oder der Henny Fiedler. Die ist auch große Klasse. Hanneli und Elena sind sogar erst elf.«

»Nicht nur die Jahre zählen«, behauptet Gerhard. »Mädchen sind irgendwie quicker. Wenigstens manche. Das habe ich meinem Brüderchen zu erklären versucht. Doch seit Dietmar Piepenbrink dabei ist, kann den Andy nichts mehr halten. Sie sind nämlich Klassenkameraden, der Dietmar und er. Nur ähneln sie sich überhaupt nicht. Der Dietmar wirkt faul und bequem, weil er so dick ist. Aber kindisch ist er nicht. Das ist in Wirklichkeit ein ganz Schlauer.«

»Ja, der hat es faustdick hinter den Ohren«, stimmt Hartmut seinem Freund zu. »Versuchen wir es also mit Andy! Ich werde es Hella sagen. Wir dürfen dann nicht vergessen, ein Geschenk für ihn zu besorgen. Womit spielt er denn besonders gern?«

»Mit allem«, erwidert Gerhard trocken. »Es gibt nichts, womit er nicht spielen könnte. Schon ein paar alte Schachteln machen ihn selig; es dürfen auch gern Steinchen oder Kastanien sein.«

»Hm, wie wär's mit einem schönen, großen, schweren Puzzle-Spiel?« schlägt Hartmut vor.

»Dafür wird er dir vor Freude um den Hals fallen«, prophezeit Gerhard. Nach einer Pause fährt er mit leichtem Widerstreben fort:

»Dann ist da noch etwas. In unserer Nachbarschaft lebt eine ältere Frau. Sie heißt Frau Westphal. Seit einiger Zeit wohnen ihre Enkel bei ihr. Deren Mutter ist nämlich gestorben, und der Vater hat viel Arbeit in seinem Beruf und kann sich nicht genug um die Kinder kümmern. Meine Mutter meint nun, wir sollten diese mutterlosen Kinder auch zu unserem Jugend-Weihnachtsfest einladen.«

Hartmut kratzt sich nachdenklich am Kopf. »Keine

schlechte Idee. Würde die armen Würmer vielleicht etwas aufmuntern. Wie alt sind die Jungen denn?«

Gerhard verzieht das Gesicht. »Ich wäre ganz deiner Meinung – wenn es zwei Buben wären! Es sind aber Bruder und Schwester. Das Mädchen heißt Wiltrud und ist in der Klasse von Andy und Dietmar. Ihr Bruder Mario ist noch klein, erst sieben oder acht Jahre alt. Er kann einem wirklich leid tun. Die Wiltrud soll ein kleiner feuerspeiender Drache sein, sagt Andy, mit grünen Haaren und roten Augen.«

»Was?« staunt Hartmut. »Da muß er sich geirrt haben. Sie kann doch schließlich keine grünen Haare haben! Oder hat sie die etwas grün gefärbt?«

Gerhard zuckt die Achseln. »Da hat er wohl wieder Märchen erzählt. Ich nehme an, sie hat rote Haare und grüne Augen. Jedenfalls ist sie furchtbar wild und prügelt sich mit allen Jungen herum.«

»Prügelt sich mit Jungen? Du, ich fürchte, die paßt nicht in unsern Wima-Hilfsdienst. Sollten wir nicht lieber nur den kleinen Jungen einladen? Dann könnte Andy mit ihm spielen. Der spielt doch so gern – hast du gesagt.«

»Ja, wenn das nur ginge!« seufzt Gerhard. »Leider ist es unmöglich. Wiltrud wacht eifersüchtiger über ihren Bruder als eine Glucke über ihre Küchlein. Während der Schulstunden sind sie ja voneinander getrennt, doch sonst läßt sie ihn nie aus den Augen.«

»Wenn sie ihren kleinen Bruder so treu bewacht, kann sie eigentlich nicht so schlimm sein«, überlegt Hartmut.

»O doch, die ist schlimm!« behauptet Gerhard mit Nachdruck. »Sie beherrscht das arme Bürschchen völlig. Es darf sich nicht mucksen. Sicher versucht die Großmutter ihr Bestes, aber sie hat wahrscheinlich zu wenig Übung im Drachen-Zähmen. Vielleicht bedauert sie die fürchterliche Wiltrud auch noch und denkt: ›Ach, das arme, mutterlose Kind.‹«

»Sie ist ein armes, mutterloses Kind!« entgegnet Hartmut. »Ihre Mutter würde sie schon zähmen können – wenn sie eine ›richtige‹ Mutter war. Nun ja, ich kenne diese Wiltrud noch nicht. Und ich weiß nicht, was wir hier tun sollen. Vielleicht sollte meine Mutter mit deiner Mutter sprechen, Gerhard. Weil deine Mutter das Mädchen nämlich kennt.«

Gerhard läßt den Kopf hängen und murmelt: »Dann wird die Sache schiefgehen. Ich sagte es dir ja: meine Mutter ist dafür. Es ist sozusagen ihre Idee. Ich kenne die Westphal-Kinder kaum. Andy kennt sie besser. Der wäre dagegen, denn er kann Wiltrud nicht ausstehen.«

»Hat sie ihn auch schon mal verprügelt?« fragt Hartmut mit funkelnden Augen.

»Die verhaut jeden – hab' ich dir doch gesagt«, erklärt Gerhard. »Darum will ich sie nicht auf unserm Fest haben.«

»Was kann sie schon groß anstellen?« meint Hartmut. »Auf unserm Fest werden genügend große, starke Burschen sein, die ein kleines Mädchen in Schach halten können: Markus Ahlrich – Alf Rodewald – Stefan und Hubert Brunner. Na, und dann sind da noch die ›Großen Vier‹ aus unserer Klasse: du und ich und Bernd Riesinger und Hannes Klein. Gegen uns alle kann sie sich nicht durchsetzen!«

»Wir werden ja erfahren, was die Hexe mit den roten Haaren alles kann«, bemerkt Gerhard düster. »Die einzige, die ihr vielleicht gewachsen wäre, ist Henny Fiedler. Ja, – und deine Schwester! Das ist auch eine große, kräftige, energische Person. – Na schön, ich sehe schon, daß wir nicht gegen unsere Mütter ankommen werden. Sie werden uns kleinkriegen, so daß uns nichts anderes übrigbleiben wird, als die Geschwister Westphal einzuladen. Du bist auf jeden Fall gewarnt, alter Knabe! Ich würde dir raten . . .«

In diesem Augenblick läutete die Schulglocke, und der kluge Rat seines besten Freundes blieb Hartmut für immer verborgen.

Dienstag nach dem 3. Advent

Wozu Taschendiebe gut sein können

Am Dienstag hat sich Familie Wisselmann zum Abendessen versammelt. Frau Wisselmann erzählt von ihrem Telefongespräch mit Frau Röder. – »Wir müssen uns unbedingt um die mutterlosen Westphal-Kinder kümmern«, sagt sie. »Frau Röder will mit der Großmutter sprechen und die Kinder zur Jugend-Weihnachtsfeier einladen.«

»Zwei arme Waisenkinder – ja, das ist eine Aufgabe für den Wima-Hilfsdienst!« ruft Hella, die sogleich Feuer gefangen hat.

»Die sind nicht arm – weißt du?« klärt Hanneli ihre große Schwester auf. »Vater Westphal verdient bestimmt genug.«

»Sie haben keine Mutter mehr, und darum sind sie arm!« behauptet Hella. »Auch wenn man Geld genug zum Leben hat, kann man deshalb doch ein armes, bedauernswertes Waisenkind sein.«

»Der Mario ist das vielleicht«, überlegt Hanneli. »Ich kenn' ihn zwar nicht, aber Andy hat mir schon viel von ihm erzählt. Die Wiltrud – die kenn' ich. Die ist kein ›armes Waisenkind‹. Sie will Boxerin werden.«

»Das gibt's ja gar nicht!« empört sich Hartmut.

Hanneli nickt ernsthaft. »O doch. In Amerika. In einer Zeitschrift hab' ich mal irgendwo – vielleicht beim Zahnarzt! – ein Bild gesehen von zwei Frauen im Boxring. Das sah . . .«

Mitten im Satz bricht Hanneli ab, denn es hat an der Haustür geläutet. Sofort stürzt sie hinaus. Das ist sozusagen schon ihr Amt geworden! Auch diesmal braucht sie keine Vorsicht walten zu lassen, denn draußen steht ein guter Bekannter: Lehrer Holger Heidekamp aus Haus Tannengrün im Eschenweg.

»Komm herein, Onkel Holger! Wie nett, daß du uns besuchst«, plaudert Hanneli und geleitet den lieben Gast ins Eßzimmer. Hella will ihm unverzüglich einen Teller und eine Tasse hinstellen. Lehrer Heidekamp lehnt ab. »Vielen Dank, aber ich darf mich nicht lange aufhalten. Irma wartet daheim auf mich und macht sich sonst Sorgen. Ich möchte euch nur gerade etwas erzählen.

Da ich heute nachmittag frei war, wollte ich ins Warenhaus gehen, um dort Weihnachtseinkäufe zu machen. Ihr müßt verstehen: es ist doch unser erstes gemeinsames Weihnachtsfest, da wollte ich Irma eine besondere Weihnachtsfreude bereiten. Ich hatte schon eifrig die Schaufenster studiert und auch die Weihnachtsangebote in den Zeitungen. Es ist ja nicht so leicht für einen jungen Ehemann, ich habe eben noch nicht viel Erfahrung auf diesem Gebiet. Bei meinen Forschungen und Nachfragen stach mir eine Kollektion von wunderschönen Pelzjacken im Warenhaus ins Auge. Ob das nicht das Richtige wäre für meine liebe Irma? Ich versah mich also mit dem nötigen Geld und marschierte los.

Im Kaufhaus herrschte ein fürchterliches Gedränge. Ist ja verständlich, so kurz vor Weihnachten. Endlich hatte ich mich mit großer Anstrengung zur Pelzabteilung durchgeschlagen. Und dort packte mich das Entsetzen! Als ich nachfühlte, war meine Brieftasche plötzlich weg! Ich stand da wie gelähmt vor Schreck.«

Familie Wisselmann hält den Atem an. Nur Hartmut brummt vor sich hin: »Vor Taschendieben wird gewarnt.«

Schließlich ergreift Lehrer Wisselmann das Wort: »Du wirst den Verlust doch gemeldet haben, Holger?«

»Ja, das habe ich«, erwidert Lehrer Heidekamp niedergeschlagen. »Aber was sollte mir das schon nützen? Bei solchem Gewühl sind selbst die Detektive machtlos. Es ist alles meine Schuld. Ich hätte mich früher auf den Weg machen und besser achtgeben sollen.«

»Es ist einfach ein Unglück, das jeden treffen kann«, versucht Hella Onkel Holger zu trösten.

»Ja, aber daß einem so etwas zustößt, wenn man dem liebsten Menschen eine Freude machen will – das ist schwer zu begreifen«, seufzt Holger Heidekamp.

Hanneli fließt über vor Mitgefühl. »Und nun ist dein ganzes Geld dahin und nichts mehr übrig?«

»Ein wenig ist noch da«, versichert der Gast mit einem schwachen Lächeln. »Wir werden keinen Hunger leiden müssen am Weihnachtsfest – da sei du ganz beruhigt, Hanneli. Nur – für eine Pelzjacke langt es nicht mehr.«

Hella runzelt die Stirn und sagt nachdenklich: »Ich glaube gar nicht, daß Tante Irma sich eine Pelzjacke wünscht. Sie hat doch schon einen Pelzmantel. Der ist noch wie neu, denn sie trägt ihn selten. Weil es bei uns meistens nicht so kalt wird. Sie wünscht sich eigentlich etwas ganz anderes.«

Hanneli fängt vor Aufregung an zu zappeln. »O ja, o ja, Hella hat recht! Jetzt erinnere ich mich: sie wünscht sich schon lange einen Schnellkochtopf.«

»Einen was?« fragt Holger Heidekamp verblüfft.

»Schnellkochtopf«, wiederholt Hanneli hilfreich, und Hella fügt ergänzend hinzu: »Ja, weißt du, Onkel Holger, solch einen Dampfdrucktopf, der das Essen in wenigen Minuten gart. Gemüse wird darin besonders fein, weil alle Vitamine und Mineralien erhalten bleiben, und das Fleisch wird schön weich und zart. Ja, solch ein Dampfdrucktopf ist eine großartige Sache – nicht wahr, Mutti? Wir haben nämlich auch einen.«

Frau Wisselmann nickt. »Meine Mädels haben recht. Wer einmal einen solchen Topf besitzt und sich daran gewöhnt hat, möchte ihn nie mehr missen. Deine liebe Frau hat ihn oft bei uns bewundert. Nur deine Schwiegermutter war dagegen. Sie wollte lieber bei der althergebrachten Form des Kochens bleiben.«

»Sie hatte Angst, weil er manchmal zischt, wenn Dampf herausströmt«, verteidigt Hanneli ihre geliebte Tante Hundertmark.

»Er ist doch nicht etwa gefährlich, dieser Topf?« erkundigt sich Lehrer Heidekamp leicht besorgt.

»Nicht die Spur«, versichert Hartmut, »wenn man sich an die Gebrauchsanweisung hält. Mit dem kann jedes Kind kochen!«

»Könnte ich Ihr Modell mal sehen?« bittet der Besucher. »Ich werde mir dann die Marke aufschreiben, damit ich bestimmt nichts Falsches anschleppe. Mir scheint es aber vorteilhafter, ins Haushaltswarengeschäft zu gehen. Dort wird das Gedränge nicht so gewaltig sein wie im Kaufhaus! Ja, ja, wie ich merke, will das Schenken auch gelernt sein! Zu einem vollkommenen Ehegatten fehlt mir noch eine Menge.«

»Ach, lieber Holger, wer von uns ist schon vollkommen?« lächelt Lehrer Wisselmann.

»Irma hat dich bestimmt so am liebsten, wie du bist«, sagt Frau Wisselmann mit ermunterndem Augenzwinkern.

Der junge Lehrer tut einen tiefen Atemzug und steht auf. Jetzt kann auch er wieder zaghaft lächeln. »Da müßte sie eigentlich einen komischen Geschmack haben, wenn sie mich so liebt, wie ich bin: schwerfällig, unbeholfen und ungeschickt. Wenn ihr mich nicht mit der Nase darauf gestoßen hättet nach meinem Mißgeschick, hätte ich meiner Irma das falsche Geschenk auf den Gabentisch gelegt. Merkwürdig, wozu Taschendiebe manchmal gut sein können!«

»Ja, Gottes Wege sind oft sonderbar«, meint Mutter Wisselmann. »Und doch meint er es immer gut mit uns, weil er uns liebhat. – Deine Irma hätte sich übrigens über jedes Geschenk von dir gefreut, Holger, – sogar über das ›falsche‹! Weil sie nämlich dein gutes, treues Herz kennt, das mehr wert ist als Gewandtheit, Geschicklichkeit und Durchsetzungsvermögen.«

»Auf jeden Fall danke ich euch allen von ganzem Herzen«, – mit diesen Worten verabschiedet sich Holger Heidekamp von seinen Freunden.

Mittwoch nach dem 3. Advent

Ausgerechnet dieser Dietmar!

Nach der Jungscharstunde sagt Dietmar Piepenbrink zu Hartmut Wisselmann: »Du, ich geh noch ein Stück mit dir mit.«

Hartmut ist nicht sonderlich begeistert über dieses Anerbieten. Leider kann er es nicht gut ablehnen. – »Ich habe gehört, daß eurer Wisselnest ein ›Haus der offnen Tür‹ sein soll«, beginnt Dietmar, »und daß ihr dort Menschen aufnehmt, die in Schwierigkeiten und Not sind.«

Hartmut bewegt den Kopf. Dies Zeichen soll Zustimmung bedeuten! Den Mund bewegt er nicht.

»Würdet ihr über Weihnachten einen Jungen aufnehmen, der nicht weiß, wo er hin soll?« fährt Dietmar unverdrossen fort.

Jetzt muß sich Hartmut wohl oder übel bequemen, den Mund aufzumachen. »Was ist das für ein Junge?« fragt er mißtrauisch. »Kennst du ihn?«

»O ja, ein bißchen schon«, grinst Dietmar. »Du kennst ihn übrigens auch.«

»Na los, mach schon und sag, wie er heißt!« fordert Hartmut seinen Begleiter in ungeduldigem Ton auf. –

»Dietmar Piepenbrink«, lautet die verblüffende Antwort.

»Heute machst du deinem Namen mal wieder Ehre!« schnaubt Hartmut ärgerlich. »Bei dir piept's, mein lieber Piepenbrink! Du kannst mir doch nicht weismachen, du wüßtest nicht, wo du zu Weihnachten hin sollst!«

Dietmar schaut so unschuldig drein wie ein neugeborenes Lämmchen. »Und doch ist es die reine Wahrheit!« behauptet er und stößt einen tiefen, tragischen Seufzer aus.

»Nun, wenn du es nicht weißt, dann will ich es dir sagen«, erklärt Hartmut energisch. »Du gehörst zu Weihnachten dorthin, wo du immer hingehörst: in die Birkenstraße Nr. 5.«

Dietmar reißt die Augen auf und tut entsetzt. »Wie? Allein? Zu Weihnachten? Da soll ich mutterseelenallein in unserm Haus sitzen? Marion hat nämlich Urlaub.«

»Na, und deine Eltern? Und Flo?«

»Meine Mutter findet es schick, im Winter in die Berge zu fahren. Schön, wenn wir dort ein Ferienhaus hätten, würde mir das wenig ausmachen. Wir haben aber keins. Also wohnen wir im Hotel. Das ist gräßlich. Weihnachten im Hotel! Nee, dankeschön! Was Flo anbelangt, so hat das kleine Ding unverschämtes Glück. Sie darf zu ihrer Patentante fahren.«

»Warum fährst du dann nicht zu deinem Patenonkel?« erkundigt sich Hartmut. Es klingt nicht sehr liebenswürdig.

»Mein Patenonkel? Du meine Güte! Der ist Junggeselle und kann keinen Besuch gebrauchen.«

Hartmut bleibt ungerührt. »Andere wären froh, wenn sie in die Berge fahren dürften. Da kann man Ski laufen.«

Dietmar verzieht das Gesicht. »Deshalb will meine Mama ja dorthin! Zum Wintersport. Ski-Langlauf. Sie findet, das sei gut für meinen Papa und für mich. Weil wir beide Übergewicht haben. Aber ich mag nicht in die Berge – die sind mir zu hoch. Und ich mag auch nicht Skilaufen – weder lang noch kurz! Wenn du Pech hast, brichst du dir dabei alle Knochen entzwei. Vor allen Dingen mag ich zu Weihnachten nicht in einem Hotel wohnen. Dort ist es nicht gemütlich. Zuviel Leute – zuviel Lärm. Möchtest du das, Hartmut?«

»Eigentlich nicht, wenn ich es mir recht überlege«, meint Hartmut zögernd. »Könntet ihr eure Wintersportreise nicht ein bißchen verschieben und erst im neuen Jahr losfahren?«

»Papa hätte sicher nichts dagegen. Er ist nicht so scharf darauf. Mama jedoch hat schon die Zimmer bestellt und alles. Sie möchte, daß wir Männer bald wieder in Form kommen! Bloß ich – ich möchte das überhaupt nicht. Und wenn ich nicht bei euch bleiben kann über Weihnachten, dann weiß ich nicht, was ich tun soll.«

»Warum denn gerade bei uns?« murrt Hartmut. »Warum gehst du nicht zu deiner Tante Holderbusch?«

»Du mußt bedenken, daß die liebe Tante Viktoria eine Großtante ist. Sie ist schon sehr alt. Sie hört auch nicht mehr gut. Und dann hat sie jetzt ihr Adelchen wiedergefunden. Die beiden wollen ihre Jugenderinnerungen aufwärmen. Da würde ich nur stören. Nein, ich möchte zu euch, denn ihr seid eine nette Familie. Zwar bist du nicht ganz so liebenswürdig wie deine Schwestern, doch mich stört es nicht, wenn du murrst und knurrst. Ich würde euch bestimmt nicht stören, denn ich bin ein anspruchsloser Mensch. Ein bequemer Sessel in einer warmen Ecke – eines von deinen interessanten Büchern und ein Teller mit Plätzchen – damit kannst du mich vollauf zufriedenstellen. Und soviel wirst du zu Weihnachten doch wohl übrig haben für einen armen, verlassenen Jungen, der sich nichts so sehr wünscht wie ein stilles, besinnliches Weihnachtsfest im trauten Familienkreis.«

»Der windet sich mal wieder durch wie ein Aal. Man kriegt ihn nicht zu fassen«, denkt Hartmut mit Wut im Bauch. »Ja, der legt es geradezu darauf an, uns unser ganzes Weihnachtsfest zu vermiesen. Zuletzt wird er seinen Willen durchsetzen und sich über unsre Dummheit ins Fäustchen lachen – das sehe ich schon kommen!«

Laut erklärt er: »Ich werde mit meinen Eltern und mit meinen Schwestern sprechen. Du verstehst wohl, daß ich das nicht allein entscheiden kann.«

Dietmar grinst wie ein Honigkuchenpferd. »Tu das, mein lieber Hartmut. Ich werde dir sehr verbunden sein.«

Daheim im Wisselnest macht Hartmut seinem Herzen Luft und berichtet von Dietmars unverschämtem Ansinnen. »Der will uns doch bloß ärgern, dieser Dietmar Piepenbrink! Der macht sich über uns lustig! Dem macht es Spaß, wenn er uns unser ganzes Weihnachtsfest vermasselt.«

»Ach geh! ich kann ihn schon verstehen«, meint das mitleidige Hanneli. »Wer möchte das liebe Weihnachtsfest schon in einem Hotel verleben? Ich bestimmt nicht!«

»Sehr gut – dann kannst du dich ja mit dem lieben Gast befassen, ihn unterhalten und mit Plätzchen füttern!« höhnt Hartmut. »Der würde uns arm essen – das prophezei' ich euch.«

»Dietmar ist ein zwar ungewöhnlicher, jedoch durchaus gutmütiger Junge«, mischt sich hier seine Lehrerin Hella ins Gespräch. Sie will es nicht zulassen, daß ihr Schüler schlechtgemacht wird!

»Da sieht man mal wieder, wie die Frauenzimmer zusammenhalten!« ereifert sich Hartmut. »Die Villa Piepenbrink muß doch eine große Anziehungskraft ausüben.«

»Still jetzt, ihr jungen Leute!« mahnt Vater Wisselmann. »Es sind noch nicht viel mehr als zwei Wochen her, da habt ihr unser Wisselnest zum ›Haus der offnen Tür‹ proklamiert. Ich habe euch damals am 1. Advent gewarnt und euch darauf aufmerksam gemacht, daß der große Adventskönig uns eines Tages Gäste ins Haus schicken könnte, die uns nicht gefallen. Nun hat sich der erste Logiergast für das Weihnachtsfest bei uns angemeldet. Und ihr möchtet ihm am liebsten die Tür weisen, weil er anders ist in seiner Art, als ihr es seid. Sogar ein Bettler oder Landstreicher hätte zu Weihnachten Anspruch auf ein warmes Plätzchen – um wieviel mehr einer eurer Freunde vom Wima-Hilfsdienst.«

Die Wisselmännchen senken die Köpfe und schweigen. Nur Hanneli feuert schnell noch einen vielsagenden Blick auf ihren Bruder ab. Der denkt sich sein Teil. Und in diese Richtung stürmen seine Gedanken: »Die werden schon noch ihr blaues Wunder erleben, diese Mädchen. Na, wohl bekomm's!«

Donnerstag nach dem 3. Advent

Eine unglaubliche Neuigkeit

Am Donnerstagnachmittag läutet bei Wisselmanns das Telefon. Hella nimmt den Hörer von der Gabel und meldet sich. Am andern Ende der Leitung vernimmt sie Stefan Brunners Stimme. Sie klingt ungewöhnlich erregt.

»Hella, Hella, denk nur, was bei uns passiert ist!« ruft er. »Ich muß es dir sofort erzählen. Bitte, unterbrich mich nicht, sonst schwapp ich über! Ich bin ganz außer mir – wir alle hier auf dem Brunnenhof. Also, paß auf! Heute vormittag saßen Silvia und Tante Freda allein im Wohnzimmer. Sie gab ihr Unterricht, wie gewöhnlich. Sonst war niemand zu Hause. Hubert und ich waren in der Schule, der Vater bei den Pferden, und die Mutter war einkaufen gefahren. Eine Haustochter haben wir zur Zeit nicht, sollen erst wieder eine Praktikantin bekommen. Plötzlich kriegt Tante Freda einen Herzanfall – stell dir das vor!«

»O weh!« denkt Hella und die Kehle wird ihr ganz trocken. »Zuerst Onkel Paul – dann Oma Gramlich – und nun auch noch Tante Freda?« – »Silvia wußte, daß man bei einem solchen Anfall sofort den Arzt rufen muß«, fährt Stefan fort. »Auf einem Tischchen neben ihrem Rollstuhl liegt immer eine Messingglocke bereit, mit der sie läuten kann. Die Glocke hat einen recht lauten Klang. Aber Silvia begriff natürlich, daß es in diesem Fall nichts nützen würde. Da war niemand in der Nähe, der sie hören konnte. Sie war ganz verzweifelt. Wenn sie nicht bald einen Arzt herbeischaffte, würde Tante Freda vielleicht nicht mehr zu retten sein. Da stand sie auf, lief ans Telefon und rief den Arzt an.«

»Nein, Stefan! Das kann sie doch nicht getan haben«, widerspricht Hella.

»Sie hat es aber getan«, bekräftigt Stefan. »Ja, es ist die reine Wahrheit: Silvia kann wieder laufen.«

»Das gibt's doch nicht«, haucht Hella in die Sprechmuschel. »Silvia war doch schon seit Jahren gelähmt.«

»Du mußt bedenken, daß sich Silvia bei ihrem Reitunfall nicht an der Wirbelsäule verletzt hatte«, erinnert Stefan. »Auch an ihren Beinen lag es nicht. Sie war nicht querschnittgelähmt – wie Henny Fiedler und Frau Dalek. Die Ärzte vermuteten, daß vielleicht ein Nerv im Gehirn verletzt oder blockiert worden sei. Darum war die Lage für Silvia nie ganz hoffnungslos. Dennoch kommt es uns allen wie ein Wunder vor. Wir können es noch gar nicht richtig fassen.«

»O, ich freue mich – ich freue mich so sehr!« frohlockt Hella. »Für Silvia – und für euch alle. – Übrigens, was ist mit Tante Freda?«

»Sie hat eine Spritze bekommen und ist dann ins Krankenhaus gebracht worden. Dort muß sie noch etwa eine Woche bleiben. Es geht ihr aber schon wieder besser. Im neuen Jahr wird sie dann wieder zur Kur fahren – diesmal ohne Silvia.«

Hella kann sich noch nicht beruhigen. »Und Silvia kann wieder richtig laufen? Wie ein normaler Mensch?«

Stefan lacht. »Ja, ganz normal. Sie muß natürlich noch Massagen bekommen und bestimmte gymnastische Übungen machen, damit die Beinmuskeln sich wieder kräftigen. Nun, am Sonntag werdet ihr sie ja sehen – zum erstenmal ohne Rollstuhl! Also bis dahin – tschüs! Und viele Grüße an alle!«

Stefan hat aufgelegt, und Hella steht eine Weile stumm

und starr neben dem Apparat, ehe auch sie den Hörer auf die Gabel zurückbefördert. Dann eilt sie davon, um der ganzen Familie lautstark die unglaubliche Neuigkeit zu verkünden: »Silvia ist geheilt! Silvia kann wieder gehen!«

Die Freude ist allerseits groß. Sogar der sonst so ruhige und manchmal etwas mundfaule Hartmut ist ganz aus dem Häuschen. »Nun wird sich Silvias Herzenswunsch erfüllen! Jetzt kann sie Reitlehrerin werden!« jubelt er. »Ich kann es kaum erwarten bis zum Sonntag!«

»Ja, das wird ein Fest – ein Fest ohnegleichen!« jauchzt Hella, packt ihre kleine Schwester und führt mit ihr einen Freudentanz auf.

Am Abend hat Hanneli noch etwas auf dem Herzen, das sie mit ihrer Mutter besprechen möchte. »Warum geht es oft so seltsam zu im Leben, Mutti?« fragt sie nachdenklich. »Die einen macht Gott gesund – so wie Silvia. Da können sie wieder laufen und springen und sich ihres Lebens freuen. Die andern bleiben ihr Leben lang gelähmt – wie Henny Fiedler und Frau Dalek. Warum, Mutti?«

»Wir wissen es nicht«, erwidert Frau Wisselmann. »Gott handelt nach seinem eigenen Plan, den wir nicht durchschauen können; wenigstens nicht hier auf Erden, sondern erst in der Ewigkeit, wo alle Rätsel gelöst werden und all unsere bangen Fragen zur Ruhe kommen. – Erinnerst du dich noch an das, was ich dir im vorigen Jahr gesagt habe, Hanneli? Wem Gott keine gesunden Füße schenken kann, dem gibt er dafür Flügel, daß seine Seele sich aufschwingt über alle Not und alles Leid dieser Erde.«

Hanneli seufzt. Sie fände es so schön, wenn alle Menschen wieder laufen könnten! – »Ich wünsche von Herzen, daß Henny Markus Ahlrich heiratet«, sagt sie. »Vielleicht hat sie dann eines Tages eine kleine Tochter –

wie Frau Dalek – oder einen kleinen Sohn. Dann wäre sie bestimmt glücklich – nicht wahr, Mutti?«

»Henny Fiedler ist auch jetzt glücklich«, versichert die Mutter. »Auch Silvia war es in ihrem Rollstuhl. Dagegen gibt es viele Menschen mit völlig gesunden Beinen, die todunglücklich sind.«

Hanneli nickt. »Ja, es kommt auf das Herz an. Ob der große Adventskönig schon dort eingezogen ist.« Und dann summt sie einen Vers vor sich hin aus ihrem liebsten Adventslied:

»O wohl dem Land, o wohl der Stadt,
so diesen König bei sich hat.
Wohl allen Herzen insgemein,
da dieser König ziehet ein.
Er ist die rechte Freudensonn,
bringt mit sich lauter Freud und Wonn.
Gelobet sei mein Gott,
mein Tröster früh und spat.«

Freitag nach dem 3. Advent

Wer hilft Anni?

Am Freitagnachmittag hat sich wieder Besuch eingestellt im Wisselnest. Diesmal ist es Anni Oberacker, die junge Bäuerin vom Jörgeshof aus Niederbimbach. Hanneli ist entzückt.

»Weißt du noch, Tante Anni, wie du vor zwei Jahren unser Freitagswichtel warst?« schwärmt sie. »Damals kamst du Freitags in die Stadt und hast Oma Gramlich in Haus Tannengrün, die ja deine Großtante war, immer etwas mitgebracht: mal einen Rinderbraten, mal ein Landbrot, mal Plätzchen oder frische Landeier. Oma Gramlich fand, das sei zuviel des Guten, das könnte sie allein nicht bewältigen. Und weil sie doch Muttis Wichtel war, hat sie am Freitagabend immer etwas vor unsre Haustür gelegt. Beim ersten Mal dachten wir, es sei eine Leiche. Oder doch ein Stück davon, denn das Papier war ein bißchen blutig und durchgeweicht von dem Rinderbraten.«

Da muß die Bäuerin vom Jörgeshof herzlich lachen. »Und im vorigen Jahr wart ihr bei mir in Niederbimbach zu Besuch«, erinnert sie sich.

»Das vergesse ich nie!« ruft Hanneli begeistert. »Der Rheinische Sauerbraten – die Thüringer Kartoffelklöße – und die Stachelbeertörtchen mit Schlagsahne! Ich fürchtete schon, ich würde platzen, weil ich so viel gegessen hatte.«

»Ja, ich weiß, daß es euch bei mir geschmeckt hat«, erwidert Anni Oberacker. »Darum habe ich euch heute als Weihnachtsgeschenk nicht nur ein selbstgebackenes

Brot und frische Eier mitgebracht, sondern auch einen fertigen Sauerbraten – mit Rosinen und allem! Ihr braucht ihn am Sonntag zur Feier eures Festes nur noch aufzuwärmen. Den Topf könnt ihr mir gelegentlich zurückgeben, ich besitze noch Töpfe genug.«

Hanneli ist sprachlos vor Überraschung. Dann umarmt sie ihre geliebte Tante Anni, diese einmalige Köchin.

Nachdem das Wisselnest gründlich besichtigt worden ist, möchte sich der Gast aus Niederbimbach verabschieden. Aber das läßt Mutter Wisselmann nicht zu. Es müssen wenigstens noch die Wisselmannschen Weihnachtsplätzchen versucht und dazu einige Täßchen Kaffee getrunken werden! Anni Oberacker besteht darauf, daß dies in der Küche geschieht, ›weil es dort so gemütlich ist‹.

»Und wie geht's bei euch auf dem Jörgeshof?« erkundigt sich Frau Wisselmann.

»Unserer Oma ist es in letzter Zeit nicht so gut gegangen«, berichtet die junge Bäuerin.

»Habt ihr einen Arzt gehabt?« fragt Frau Wisselmann.

Anni Oberacker nickt. »Er hat unsre Oma gründlich untersucht. Ein organisches Leiden hat er nicht feststellen können. Er sagt, ihre Kräfte seien einfach verbraucht. Sie hat halt viel gearbeitet in ihrem Leben, besonders nach dem Tode ihres Mannes. Na ja, und mit mir ist in letzter Zeit auch nicht viel los gewesen . . .«

Hanneli starrt Tante Anni ängstlich an. »Sind deine Kräfte auch schon verbraucht?«

»Das will ich nicht hoffen!« lächelt Anni Oberacker. »Nein, nein, bei mir ist es etwas anderes. Wir erwarten einen kleinen Erben für den Jörgeshof.«

Hanneli macht große Augen. »Oohh! Aber bist du sicher, daß es ein Junge wird, Tante Anni?«

Die junge Bäuerin blickt Hanneli schelmisch an und schüttelt den Kopf. »Nein, sicher sind wir nicht. Doch wenn es eine Erbin werden sollte, werden wir uns genauso freuen. Die Hauptsache, unser Baby kommt gesund auf die Welt. – Früher hätte man sich einfach mal eine Hilfskraft genommen, wenn einem die Arbeit über den Kopf wächst. Heutzutage ist das schwer. Niemand will mehr in der Landwirtschaft mithelfen, und die Arbeitslöhne sind so sehr hoch.«

Inzwischen hat sich auch Hella dem Kaffeekränzchen in der Küche beigesellt. Sie mischt sich nun mit ins Gespräch: »So ist es. Und obwohl es viele Arbeitslose gibt, sind die meisten Menschen doch noch wählerisch und anspruchsvoll.«

Hanneli stützt den Kopf in die Hand, starrt grüblerisch auf die Tischplatte und schaut dann plötzlich auf. »Ich kenne jemanden, der Kinder und Tiere liebhat«, sagt sie langsam. »Freilich, flink ist diese Person nicht – was meinst du, Hella?«

Die große Schwester zuckt zusammen und fährt hoch. »Oh, ich weiß schon, wen Hanneli meint!« ruft sie. »Und wenn du den Mut hättest, es zu versuchen, Tante Anni, dann wäre es ein gutes Werk. Aber du wirst viel Geduld haben müssen, denn sie hat keine schnelle Auffassungsgabe. Dafür stellt sie auch keine hohen Ansprüche und ist sehr dankbar und anhänglich, wenn man sich ein wenig um sie bemüht.«

Frau Wisselmann wirft einen nachdenklichen Blick, in dem Zweifel und Hoffnung im Streit miteinander liegen, auf ihre Töchter. »Ich kann mir denken, wen ihr meint. Gesine Blechschmidt ist ein liebes Mädchen, ungefähr in Hellas Alter, die Tochter einer früheren Nachbarin. Leider ist sie geistig behindert, seit sie als kleines Kind eine schwere Krankheit durchgemacht hat. Zur Zeit arbeitet sie in einer Behinderten-Werkstätte. Ihre Mutter hat uns jedoch anvertraut, daß ihr Herz an Tieren und an Kindern hängt. Vielleicht wäre das wirklich eine Lösung für euch dort auf dem Jörgeshof. Es käme halt auf einen Versuch an.«

»Man muß es einfach wagen!« erklärt Anni. »Es könnte schon mal eine gute Übung sein für mich . . . Später wollen wir doch Feriengäste aufnehmen auf dem Jörgeshof. Wir haben da besonders an alte und behinderte Menschen und an kinderreiche Familien gedacht.«

»Vor einem Jahr haben wir dir geraten, eine Gastwirtschaft aufzumachen«, erinnert Hanneli. »Aber behinderte Feriengäste sind noch besser – viel besser! Die beneide ich heute schon!«

Hella versetzt ihrer kleinen Schwester einen Rippenstoß und tuschelt: »Ja, natürlich – um den Rheinischen Sauerbraten!« Lauter fügt sie hinzu: »Es wäre schön, wenn es mit Gesine Blechschmidt klappen würde. Dann wäre euch beiden geholfen.«

Samstag nach dem 3. Advent

Heiko hat es schwer

Nach der Schule wartet Hannes Klein auf Hartmut Wisselmann. Hannes wohnt im ältesten Teil der Stadt, in der Fischergasse. Er lebt dort zusammen mit seiner berufstätigen Mutter. Sie haben nur ein bescheidenes Einkommen. Aber Hannes ist trotzdem zufrieden.

»Ich muß dir etwas erzählen, Hartmut«, wendet sich Hannes an seinen Freund und Klassenkameraden. »Gestern abend habe ich mit Heiko Brettschneider gesprochen. Der wohnt bei uns in der Nähe, in der Entengasse. Du wirst ihn nicht kennen. Er ist sechzehn Jahre alt und in der Lehre bei einem Malermeister. Wir sprechen oft von ihm, meine Mutter und ich. Er tut uns leid, denn er hat es schwer. Seine Mutter, die Frau Brettschneider, ist vor anderthalb Jahren fortgegangen. Das hat Heikos Vater nicht verwinden können. Er hat angefangen zu trinken.

Heiko hat noch eine ältere Schwester, die ist achtzehn oder neunzehn. Sie hat zuerst versucht, den Haushalt in Ordnung zu halten, aber weil ihr Vater so trank, sagte sie, sie könnte es nicht ertragen. Da ging sie auch weg, zu einer Tante auf dem Lande. Sie hat Heiko schon mehrmals aufgefordert, ihr zu folgen. Heiko sagt, das könne er nicht, denn dann wäre sein Vater völlig verloren.

Er bemüht sich sehr, den Haushalt nicht ganz verlottern zu lassen und verrichtet alle Arbeiten: er putzt und wäscht, er kauft ein und kocht, er bügelt und spült das Geschirr. Manchmal helfen wir ihm dabei, meine Mutter und ich. Sie hält große Stücke auf Heiko. Nur befürchtet sie, er könnte es auf die Dauer nicht durchhalten. Frühmorgens trägt er Zeitungen aus, um sich etwas zu verdienen. Als Malerlehrling kriegt er ja nicht viel, und sein Vater vertrinkt alles, der steuert nichts zum Haushalt bei.

Nachdem ich gestern mit Heiko geredet hatte, kam mir der Gedanke, ob wir ihn nicht zu unserer Jugend-Weihnachtsfeier einladen sollten. Das wäre mal eine kleine Abwechslung für ihn. Er hätte bestimmt eine Aufmunterung nötig.«

»Scheint so«, brummt Hartmut und kratzt sich am Kopf. »Ist bloß alles ein bißchen spät – weißt du.«

»Ach, im Clubraum ist Platz genug – da bringen wir ihn schon noch unter,« meint Hannes zuversichtlich.

»O ja, das schon«, gibt Hartmut zögernd zu. »Es ist bloß – wir müssen dann die Tischordnung wieder ändern, und Hanneli muß noch eine Tischkarte malen, und wir müssen ein Geschenk besorgen . . .«

»Das ist nicht so wichtig«, beschwichtigt Hannes seinen Kameraden. »Wenn wir ihm einen Korb mit Lebensmitteln füllen – jeder könnte da eine Kleinigkeit mitbringen –, wäre das schon eine große Hilfe für ihn. Es ist ihm bestimmt egal, wo er sitzt, und eine Tischkarte braucht er auch nicht.«

»Was denkst du denn – das würde Hanneli niemals dulden!« grinst Hartmut. »Natürlich hast du recht«, fährt er dann hastig fort. »Lad ihn nur ein, Hannes! Das ist eine echte Aufgabe für den Wima-Hilfsdienst.«

Beim Mittagessen erzählt Hartmut von dem neuen Gast. Hannelis weiches Herz zerschmilzt sogleich vor Mitgefühl. »Ich werde ihm eine besonders schöne Tischkarte malen«, verspricht sie. »Jetzt gleich – noch ehe ich zur Kinderstunde gehe.«

»Platz genug ist da«,; sagt Hella traurig. »Die Erkältung meiner Freundin Annelore, an der sie ja schon vor einer Woche litt, hat sich leider verschlimmert. Es ist eine schwere Bronchitis daraus geworden. Der Hausarzt hat sie ins Krankenhaus überwiesen wegen Verdacht auf Rippenfellentzündung. Dieser Verdacht hat sich nicht bestätigt. Die Ärzte haben jedoch festgestellt, daß ihre Lunge ein wenig angegriffen ist.«

»Oh, oh!« jammert Hanneli. »Das ist schrecklich! Muß sie da auch noch über Weihnachten im Krankenhaus bleiben?«

»Das weiß man noch nicht«, erwidert Hella. »Vielleicht wird sie doch noch vor dem Fest entlassen. Für gewöhnlich behalten sie nur die Allerkränksten über die Feiertage in der Klinik. Aber Annelore wird sich bestimmt noch lange Zeit sehr in acht nehmen müssen.«

An diesem Samstag muß Hanneli über viele ernste Dinge nachdenken: über Annelore Wienholds Krankheit und über Heiko Brettschneider und seine Familie. Ganz kommt sie damit nicht zurecht, und so zieht sie am Abend wieder die Mutter ins Vertrauen. »Sag mal, Mutti«, beginnt sie, »wie kann es sein, daß eine Mutter ihre Familie im Stich läßt? Das kann ich gar nicht begreifen. Daß ein Vater sowas tut – wie bei Daleks –, ist schon schlimm genug; aber eine Mutter – wie bei Brettschneiders – wie ist das bloß möglich?«

»Wir Menschenkinder sind leider zu allem Bösen fähig – auch wir Mütter«, antwortet Frau Wisselmann und streichelt ihre Jüngste liebevoll. »Immer lauert die Sünde vor unserer Herzenstür. Wenn wir keinen starken Helfer zur Seite haben, der uns im Kampf gegen sie streiten hilft, können wir sehr leicht unterliegen. Davon wird uns schon auf den ersten Blättern der Bibel erzählt. Du kennst ja die Geschichte von Kain und Abel. Kain hat den Kampf gegen die Sünde verloren. Auf einmal war sie drin in seinem Herzen und hatte Gewalt über ihn. Da schlug er seinen Bruder tot. Ähnliche Dinge passieren leider in einem fort. In der Zeitung kannst du täglich davon lesen. Wir Menschen sind zu schwach – wenn uns Jesus, der große Sieger, nicht hilft.

Es gibt aber einen starken Trost für alle, die so traurige Dinge erleben müssen wie Heiko Brettschneider. Gottes Liebe ist größer als Mutterliebe. Er hat es uns in seinem Wort versprochen, daß er die Seinen niemals verlassen will – selbst wenn es geschehen sollte, daß eine Mutter ihre Kinder im Stich läßt. Komm, Hanneli, hol das Gesangbuch. Wir wollen das Lied Nr. 205 aufschlagen. Du kennst es sicher schon. Da heißt es im dritten Vers:

> *Kann und mag auch verlassen*
> *ein Mutt'r ihr eigen Kind*
> *und also gar verstoßen,*
> *daß es kein Gnad mehr findt?*
> *Und ob sichs mög begeben,*
> *daß sie so gar abfiel:*
> *Gott schwört bei seinem Leben,*
> *er dich nicht lassen will.«*

Der 4. Advent

Ein Fest, das man nicht vergißt

Endlich ist er da, der langersehnte Festtag. Alles ist vorbereitet: die Gäste mögen kommen. Vor der Tür zum Clubraum steht ein großer Waschkorb bereit, die Geschenkpäckchen, hübsch in Weihnachtspapier verpackt, in Empfang zu nehmen. Sie sind mit Namensschildchen versehen, die man mit Druckschrift beschrieben hat.

Alle »Neulinge« haben zugesagt: Norman Wagendorf, die Geschwister Westphal und Heiko Brettschneider. Es hatte Hannes Klein allerdings einige Überredungskünste gekostet, ehe Heiko die Einladung annahm. Er hielt sich für zu gering, um mit Kindern von Lehrern, Bauunternehmern und Direktoren an einem Tisch zu sitzen. Erst als Hannes ihm klarmachte, daß die Herkunft beim Wima-Hilfsdienst überhaupt keine Rolle spiele und als er sich selbst als Beispiel anführte, der ja auch nur aus ganz bescheidenen Verhältnissen stammte, gab Heiko nach.

Hella ist heute stiller als sonst. Sie denkt an ihre Freundin Annelore Wienhold, die sich so sehr auf dieses Fest gefreut hatte und die nun im Krankenhaus liegen muß. Desto zappeliger ist Hanneli. Sie kann es kaum erwarten, bis die Klingel ertönt und der erste Gast im Wisselnest aufkreuzt. Es ist Henny Fiedler. Die andern Erwachsenen lassen nicht lange auf sich warten. Als die Geschwister Brunner eintreffen, wird Silvia von allen Seiten umringt. Jeder möchte ihr die Hand drücken und sie beglückwünschen zu ihrer wunderbaren Heilung.

Das mitleidige Hanneli denkt voller Teilnahme an

Henny, an Rosedore Dohm und Alf Rodewald, für die es keine Hoffnung gibt, sondern die sich ihr Leben lang mit ihren Behinderungen abquälen müssen. Sie wirken aber nicht gehemmt oder niedergedrückt. Ohne an sich selbst zu denken, nehmen sie teil an Silvias Glück.

Hannes Klein hat Heiko Brettschneider abgeholt, und Gerhard und Andy Röder bringen die Geschwister Westphal mit. – Die rothaarige Wiltrud hält ihren kleinen Bruder fest an der Hand. Als sie den Clubraum betritt, blickt sie sich suchend um. Wiltrud möchte wohl herausfinden, wer hier die ›Chefin‹ ist. Sie nimmt an, das müßte Henny Fiedler sein. So tritt sie auf die querschnittgelähmte Lehrerin zu und sagt höflich: »Mein Bruder Mario bedankt sich für die freundliche Einladung.«

Verblüfft schaut Henny sie an. »Warum nur dein Bruder? Hast du dich nicht über die Einladung gefreut?«

Jetzt fangen Wiltruds grüne Augen an zu funkeln, wie Katzenaugen im Dunkeln. »Auf mich kommt es nicht an!« ruft sie pathetisch. »Ich lebe nur für meinen Bruder.«

»Mir scheint, da liegst du nicht ganz richtig«, bemerkt Henny ruhig. »Jeder Mensch auf der Welt hat ein Recht auf sein eigenes Leben. Damit wir unsern Nächsten richtig lieben können, müssen wir zuerst uns selber annehmen und bejahen. – Komm her, mein Kind, du darfst hier neben mir sitzen.«

Wiltrud begreift, daß dies eine große Ehre ist. Doch zu ihrem Schrecken gewahrt sie, daß der Platz auf der anderen Seite neben ihr schon von einem kräftigen jungen Burschen besetzt ist. »Wo soll denn Mario sitzen? Mario sitzt immer neben mir«, erklärt sie mit großer Entschlossenheit.

»Das mag bei euch daheim so üblich sein. Auf einem Fest ist alles ein bißchen anders«, entgegnet ihr Henny mit freundlicher Bestimmtheit. »Dort lernt man neue Menschen kennen und freundet sich mit ihnen an. Dein kleiner Bruder wird bestens aufgehoben sein bei Andy Röder und Hanneli Wisselmann. Dein Tischnachbar Heiko Brettschneider und ich, wir freuen uns ja auch darauf, näher mit dir bekannt zu werden.«

Wiltrud setzt sich widerstrebend auf ihren Platz, während Hanneli und Andy den kleinen Mario fortführen. So schnell gibt sich die große Schwester nicht geschlagen. Sie will es den andern schon begreiflich machen, daß ihr Bruder ohne den Schutz und die Nähe seiner Schwester niemals glücklich sein kann. Merkwürdigerweise schaut Mario bis jetzt nicht unglücklich drein. Er plaudert ganz vergnügt mit Andy Röder und lächelt Hanneli zu.

Und jetzt fangen Hella Wisselmann und Gudrun Winter an, etwas auf der Flöte vorzuspielen. Da muß man sowieso den Mund halten. Dann wird Hannelis liebstes Adventslied gesungen: »Macht hoch die Tür«. – Henny Fiedler liest heute die Geschichte »Kinderweihnacht« von der baltischen Schriftstellerin, Sängerin und Musikpädagogin Monika Hunnius vor. Sie erzählt darin, wie sie als kleine Pfarrerstochter an einem glücklichen Weihnachtsabend ihre lädierte Puppe in neuer Schönheit zurückbekam.

Wieder vermißt Hella schmerzlich ihre Freundin Annelore. »Diese Weihnachtserzählung hätte ihr viel Freude gemacht«, denkt sie. »Sie liest und hört gerne etwas über Sängerinnen.« – Rosedore Dohm trägt das Gedicht von Max von Schenkendorf vor: »Brich an, du schönes Morgenlicht!«

An diese Verse knüpft Henny noch eine kurze Betrachtung, besonders an den letzten, in dem es heißt: »Wer ist noch, welcher sorgt und sinnt? Hier in der Krippe liegt ein Kind mit lächelnder Gebärde.«

Das Sorgen und das Grübeln ist uns allen leider angeboren, sagt Henny. Es gibt so viele Dinge in unserem Leben, die unser Herz schwermachen und niederdrücken wollen. Der große Adventskönig Jesus Christus ist auf diese Erde gekommen, um uns von all diesen Lasten zu befreien. »Kommt zu mir her! Gebt mir das alles! Legt es mir auf! Werft es mir zu! Ich will es für euch tragen!« spricht er.

Nun stimmt Henny das Lied an: »Fröhlich soll mein Herze springen«, wo es im 5. Vers heißt: »Lasset fahren, o liebe Brüder, was euch quält, was euch fehlt, ich bring alles wieder.«

Es folgt noch ein Flötenstück, dann wird eine Erfrischungspause eingelegt. Die Gäste schmausen Plätzchen, Stollen und Honigkuchen und trinken Früchtetee dazu. – Wildtrud schielt hinüber zu ihrem Brüderchen. Der scheint sich köstlich zu vernügen. Das ärgert Wiltrud. Sie wendet sich an Heiko und erzählt ihm in tragischem Tonfall: »Meine Mutter ist tot.«

»Das ist schlimm«, erwidert Heiko. »Aber es gibt noch Schlimmeres.«

Wiltruds grüne Augen funkeln. »Noch Schlimmeres? Was könnte das sein?«

»Meine Mutter ist nicht tot; sie ist einfach weggegangen«, berichtet Heiko.

»Weg? Wohin denn?« forscht Wiltrud.

»Ich weiß es nicht. Wir haben sie nicht mehr gesehen. Inzwischen ist die Ehe meiner Eltern geschieden worden.«

»Wohnst du jetzt bei deiner Großmutter – so wie ich?«

»Ach nein. Meine Großmütter sind beide tot.«

»Hast du Geschwister?«

»Ja, eine ältere Schwester. Die ist auch fortgegangen.«

»Das finde ich schäbig!« empört sich Wiltrud. »Ich

würde meinen Bruder nie verlassen. Macht dein Vater jetzt den Haushalt?«

»Nein, den mache ich. Manchmal helfen mir Hannes und seine Mutter.«

»Das find' ich gut! Ich werde dir auch helfen – wenn ich Zeit habe.«

Heiko lächelt gutmütig. Dieses Mädchen versteht bestimmt weniger vom Haushalt als er! Doch sie meint es aufrichtig, und so will er ihren Eifer nicht dämpfen.

Nach dem Essen wird ein Wunschkonzert veranstaltet: jeder darf sich ein Adventslied wünschen. Hella und Gudrun wollen auf der Flöte begleiten.

– »Weil Weihnachten schon so nahe ist, können es auch Weihnachtslieder sein«, erklärt Hella.

Hannelies Lied ist ja schon gesungen worden, und auch Henny hatte ein Lied angestimmt. Flo wünscht sich das ›Lichtträger-Lied‹ und Hella jenes Lied, das der Wima-Hilfsdienst vor einem Jahr gesungen hat: »Uns wird erzählt von Jesus Christ.« Hartmut wählt sich »Es ist ein Ros entsprungen« aus, Hannes Klein »O du fröhliche« und Gerhard Röder »Herbei, o ihr Gläubigen«. Der kleine Mario möchte »Alle Jahre wieder« gesungen haben und Elena Piatti »Stille Nacht, Heilige Nacht«.

Wiltrud Westphal staunt, daß ihr Bruder es gewagt hat, einen Wunsch zu äußern. Sie selber entscheidet sich für »Vom Himmel hoch da komm ich her«. Silvia Brunner wünscht sich kein Weihnachts-, sondern ein Lob- und Dank-Lied: »Nun danket alle Gott mit Herzen, Mund und Händen . . .«

Jetzt ist Norman Wagendorf an der Reihe. Er ist ein mittelgroßer, schlanker Bursche mit ausdrucksvollen dunklen Augen und dunklem, lockigem Haar. Das Weihnachtslied, das Norman sich ausgewählt hat, heißt:

»Du bist die schönste aller Gaben«. Leider kennt es niemand vom Wima-Hilfsdienst.

»Wo hast du es gelernt?« fragt Stefan Brunner.

»Bei meinem Orgellehrer«, erwidert Norman. »Er ist ein prächtiger Mensch. Ihm habe ich viel zu verdanken. Euch würde das Lied auch gefallen. Schade, daß ihr kein Klavier habt, sonst könnte ich es euch beibringen.«

»Aber wir haben doch eins!« platzt Hanneli heraus. »Es steht oben im Wohnzimmer.«

»Nein, nein, das geht nicht, wir können doch nicht alle dort oben in eurer Wohnstube herumtrampeln«, wehrt Norman ab.

Doch Hanneli ist fest entschlossen, das neue Weihnachtslied zu lernen. »Unser Wohnzimmer ist groß, da haben wir alle Platz«, erklärt sie. »Die Eltern haben bestimmt nichts dagegen, wenn wir dort ein neues Lied üben. Sie lieben Musik.« Hartmut und Hella bestätigen Hannelis Aussage.

»Na schön«, gibt Normarn zögernd nach. »Ihr müßt aber alle oben an der Treppe die Schuhe ausziehen.«

»Was sind denn das für neue Sitten?« murrt Dietmar. »Ist das Wisselnest plötzlich ein Schloß geworden?«

Norman bleibt fest. »Los, macht schon! Wir dürfen oben weder Lärm noch Schmutz machen, das sind wir den Eltern Wisselmann schuldig.«

Also ziehen alle ihre Schuhe aus und schleichen auf Strümpfen ins Wohnzimmer. Norman setzt sich ans Klavier, er singt und spielt den ersten Vers des Liedes vor:

»Du bist die schönste aller Gaben,
du liebes, holdes Jesuskind,
durch das wir Gottes Gnade haben,
durch das wir ewig selig sind!

*Um Gottes Liebe recht zu zeigen,
willst du als Mensch zu Menschen gehn,
willst dich zu unsrer Armut neigen
und lieb und hilfreich bei uns stehn.«*

Bald versucht der eine oder andere mitzusummen. Allen gefällt das neue Lied sehr gut.

»Hat es noch mehr Verse?« fragt Hanneli. Sie hat die Melodie schnell erfaßt.

»Ja, noch drei« antwortet Norman. »Leider kann ich sie nicht alle auswendig – was immer ein großer Nachteil ist. Aber ich will sie euch gerne aufschreiben.«

»Gut, dann werde ich sie mit der Schreibmaschine abtippen, und jeder soll einen Durchschlag haben«, verspricht Alf Rodewald.

Herr und Frau Wisselmann sind auch hereingetreten, angelockt durch die schöne Musik. »Spiel noch ein wenig, Norman!« bitten alle, die Großen und die Kleinen. Norman erfüllt den Wunsch seiner Zuhörer. Sie sind begeistert. »Und wer von euch spielt Klavier?« wendet sich Norman an die Wisselmännchen.

»Unser Vati!« ruft Hanneli.

»Niemand von euch Kindern?« wundert sich Norman. »Das ist aber furchtbar schade! Ein Klavier haben und nicht auf ihm spielen – also wirklich, das kann ich nicht verstehen.«

»Sie haben vollkommen recht«, sagt Vater Wisselmann. »Hella spielt Flöte, Hartmut ist vielleicht nicht musikalisch genug, doch unser Hanneli, die sollte es lernen. Sie ist jetzt elf – da wird es höchste Zeit. Möchten Sie es ihr beibringen, Herr Wagendorf? Sie selber spielen ja schon ausgezeichnet.«

»Ich habe angefangen, als ich sieben war«, erzählt Norman. »Bitte sagen Sie ›du‹ zu mir, Herr Wisselmann.

Ich möchte ja auch zum Wima-Hilfsdienst gehören.«

Hanneli klatscht vor Freude in die Hände. »O ja, ich will gerne Stunden haben bei Norman.«

»Ich auch!« fällt Flo ein. »Wir haben zu Hause einen Flügel, und niemand spielt darauf. Papa hat es mal gelernt, als er klein war. Das ist sehr lange her, und er hat alles vergessen.«

»Großartig! Da hast du ja gleich zwei Schülerinnen in Aussicht«, lächelt Alf Rodewald und klopft Norman auf die Schulter. –

Später, als alle wieder in den Clubraum zurückgekehrt sind, schleppen die Brunner-Brüder den großen Wäschekorb herein. Gewaltig ist der Jubel, als die Päckchen verteilt und geöffnet werden. Für Heiko Brettschneider wird ein Extra-Korb mit Lebensmitteln hereingetragen. Er ist einfach sprachlos über diese Bescherung!

Der kleine Mario hat ein niedliches Eselchen bekommen mit einem weichen, grauen Fell aus Perlon-Plüsch, das zieht ein Wägelchen, und dieses Wägelchen ist vollgepackt mit Weihnachtsnäschereien. Bald liegen Andy und Mario in einer Ecke des Clubraumes auf dem Boden und spielen voller Hingebung, Andy mit seinem neuen Puzzle-Spiel und Mario mit seinem Eselchen.

In einer andern Ecke sitzen Silvia und Hartmut beisammen und beschauen sich die Geschenke, die sie einander beschert haben: Silvia hat Hartmut mit einem Pferdebuch beglückt und Hartmut Silvia mit einem Pferde-Kalender.

Ziemlich verblüfft betrachtet sich Wiltrud das Geschenk, das sie erhalten hat: es ist ein wunderschöner Stick-Kasten. In Handarbeit ist sie noch nie eine Leuchte gewesen! Erst als ihr Elena Piatti über die Schulter guckt und Rufe des Entzückens ausstößt, taut sie auf und vertraut der kleinen Italienerin an: »Ich kann noch nicht besonders gut sticken; aber meine Großmutter wird es mir zeigen.«

Henny Fiedler hält ein winziges Päckchen in Händen. Lächelnd dreht und wendet sie es hin und her und überlegt, was es wohl enthalten mag. Vielleicht ein Fläschchen mit Blütenöl-Parfüm? Als sie es öffnet, erschrickt sie. In einem weißen Kästchen liegt, in blauen Samt gebettet, ein schlichter Goldreif mit einem einzigen herrlich funkelnden Brillianten. Sie fährt mit ihrem Rollstuhl dicht an Markus Ahlrich heran und raunt ihm zu: »Markus, das hättest du nicht tun dürfen! Wir hatten doch vereinbart, daß es kleine Geschenke sein müssen.«

»Habe ich mich etwa nicht daran gehalten?« lächelt Markus. »Mein Geschenk ist so winzig, daß man es bequem in der geschlossenen Hand verbergen kann. Für dich, Henny, paßt kein Geschenk so gut wie ein Brilliant. Diamanten werden erst durch das Schleifen so schön. Auch du bist zurechtgeschliffen worden von Gottes Schleifstein. Darum leuchtest du nun so schön wie keine andere.«

Gudrun Winter hat ebenfalls ein kleines Geschenk bekommen – von Alf Rodewald. Es ist eine silberne Brosche in Form eines Fisches. »Weißt du, was der Fisch zu bedeuten hat?« flüstert Alf ihr zu. »Er war das Geheimzeichen der ersten Christen. Wenn du es trägst, wird jeder, der auch zur ›Geheimen Bruderschaft‹ gehört, dich erkennen. Und wenn ein Außenstehender dich danach fragt, kannst du ein Zeugnis ablegen.« – Gudrun freut sich sehr über dieses hübsche Geschenk.

Merkwürdigerweise ist es ausgerechnet Dietmar Piepenbrink, der die meisten Päckchen in Empfang nimmt! Oft sind es ›Scherz-Päckchen‹ mit viel Verpackung und wenig Inhalt. Alle diese Päckchen enthalten eine Näscherei, was Dietmar mit vergnügtem Grinsen zur

Kenntnis nimmt: ein Tannenzapfen aus Schokolade, ein Marzipanbrötchen, ein Pfefferkuchen-Herz, eine Stange Lakritze, eine Rolle Pfefferminz-Bonbons, ein Täfelchen Schokolade, ein Glöckchen aus Nougat, ein Zucker-Kringel.

»Was hast du Schönes bekommen?« wendet sich Hella an Norman Wagendorf. »Du errätst sicher, von wem das Päckchen stammt.«

Norman nickt. »Ja, von Annelore Wienhold. Sie hat mir das geschenkt, was ich mir am meisten gewünscht habe. Schau her: eine Schallplatte mit der Kantate »Jesu, meine Freude« von Johann Sebastian Bach. Wenn ihr einen Plattenspieler habt, könnten wir sie vorspielen. Sie ist so wunderschön. Und dann würde ich euch erzählen, warum sie mir soviel bedeutet.«

Hella schleppt den Plattenspieler herbei. Bevor Norman die Platte auflegt, sagt er noch ein paar Worte zu dieser Kantate. Es wird da immer abwechselnd ein Vers des herrlichen Liedes von Johann Frank gesungen und dazwischen Bibelworte aus dem Römerbrief. Norman erzählt dann noch etwas über den Liederdichter, der in Guben im Bezirk Frankfurt an der Oder lebte. Er war kein Pfarrer, sondern Rechtsanwalt und Ratsherr und zuletzt Bürgermeister in seiner Vaterstadt. Dort erlebte er den ganzen Dreißigjährigen Krieg mit. Wie stark und innig muß sein Glaube gewesen sein, daß er ein solches Lied dichten konnte!

Nun hören sich alle die Schallplatte an und sind davon beeindruckt. Norman schaut sich mit glänzenden Augen im Kreise um. »Wunderbar, nicht wahr? Diese Kantate hat große Bedeutung gewonnen in meinem Leben. Davon will ich euch jetzt erzählen.

Ich muß schon ein bißchen ausholen, damit ihr mich verstehen könnt. Als meine Mutter ein junges Mädchen war, hatte sie eine ebenso große Liebe zur Musik gefaßt wie ich. Sie wollte unbedingt Sängerin werden. Doch ihre Eltern waren dagegen. Sie hielten eine Künstlerlaufbahn für zu unsicher, bestanden darauf, daß sie zuerst die Handelsschule besuchen sollte. Meine Mutter hat oft zu mir gesagt, dies sei bestimmt ein guter Rat gewesen. Doch sie war jung, temperamentvoll und eigenwillig. Sie wußte um ihre schöne Stimme und glaubte an ihre Berufung als Sängerin. So entzweite sie sich mit ihren Eltern und ging auf und davon. Sie hatte keine Ahnung, wie schwer es war für ein junges Mädchen, das allein und mittellos dastand. Voller Eifer stürzte sie sich auf ihr Musikstudium. Nebenher putzte sie oder hütete Kinder, um sich ihren Lebensunterhalt zu verdienen.

Sie lernte einen Musikstudenten kennen, und die beiden verlobten sich. Es war für sie die große Liebe. Seine Eltern waren dagegen, weil noch keine Grundlage für ein gemeinsames Leben vorhanden war. Die beiden kümmerten sich nicht darum. Sie heirateten. Aus dem großen Glück wurde bald ein großes Leid. Es fehlte an allen Ecken und Enden, und als ich zur Welt kam, wurde die Not noch größer. Ein gemütliches Heim – ein glückliches Familienleben – das habe ich nie gekannt. An meinen Vater kann ich mich nicht erinnern, denn meine Eltern gingen auseinander, als ich noch ganz klein war.

Meine Mutter war zu stolz, um irgend jemanden um Hilfe zu bitten. Sie wollte sich und mich alleine durchbringen. Ich weiß noch gut, daß niemals Geld im Hause war, wenn wir welches brauchten. Zeitweise sang meine Mutter in einem Nachtlokal, um uns über Wasser zu halten. Sie war eine liebevolle, aufopfernde Mutter. Leider hatte sie nur wenig Zeit für mich. Endlich begann ihr Gesangstalent sich durchzusetzen: sie erhielt eine feste Anstellung an der Oper. Guten Musikunterricht habe ich immer gehabt. Wenn wir gar kein Geld hatten, gab mir meine Mutter selbst Klavierstunden.

Wir atmeten auf und hofften auf ein leichteres Leben, nachdem meine Mutter angestellt worden war. Doch ihre Kräfte waren aufgebraucht. Als ich vierzehn Jahre alt war, starb sie. Mein Vater war ins Ausland verzogen. Wir hatten nichts mehr von ihm gehört. So stand ich allein auf der Welt. Ich kam in ein Heim. Das war sehr hart für mich. Wenn ich noch jünger gewesen wäre, hätte sich vielleicht eine Pflege-Familie für mich gefunden. Einen Vierzehnjährigen will doch keiner haben. Ich muß auch zugeben, daß ich mich manchmal nicht besonders gut benahm. Ich war einsam und voller Unrast.

Es sind jetzt zwei Jahre her, da streifte ich an einem kalten, trüben Winternachmittag durch die Straßen. Als ich an der Jakobi-Kirche vorbeikam, hörte ich Orgelmusik. In dieser Kirche war ich konfirmiert worden. Seitdem war ich nicht mehr dort gewesen. Meine Mutter war ja bald darauf gestorben. Und aus dem Heim ging niemand zur Kirche. Mutter hatte mir aber eins immer wieder eingeprägt: »Gottes Gebote sind die Verkehrsschilder, die er uns zur Warnung an den Weg gestellt hat. Wer diese Warnsignale überfährt, rast in sein Unglück. Ich hörte nicht auf meine Eltern – und alles ist schiefgegangen in meinem Leben. Mach es besser, Norman – ich bitte dich darum!«

Diese Worte meiner Mutter habe ich nicht vergessen. Ich vergaß auch jenen Abend in der Jakobi-Kirche nicht mehr. Damals führte Kantor Lerch mit seinem Kirchenchor die Bach-Kantate ›Jesu, meine Freude‹ auf. Ich war tief ergriffen. Vorher war ich voller Unruhe gewesen. Ich wußte nicht, was ich mit meinem Leben anfangen sollte. Wohl liebte ich die Musik über alles, – doch ich hatte miterlebt, wie schwer und steil der Weg eines

Künstlers sein kann. Das Opernhaus lockte mich nicht – und eigentlich auch nicht der Konzertsaal. Dann, als ich Kantor Lerchs Chor so wunderbar singen hörte, kam mir eine Erleuchtung: ich wollte Organist und Kantor werden wie er. Nun hatte ich ein Ziel vor Augen, nun wußte ich, wozu ich auf der Welt war. Auch wenn ich lange und hart kämpfen mußte, um dieses Ziel zu erreichen – was machte das schon aus?

Von da ab ging ich öfter in die Jakobi-Kirche, um Kantor Lerch die Orgel spielen und seinen Chor singen zu hören. Nicht lange danach wurde ich mit Kantor Lerch bekannt. Er hat mir viel geholfen. Ich darf auch in seinem Kirchenchor mitsingen. Wenn ich nicht mehr im Heim wohnen und nicht mehr in dieser Tanzkapelle spielen müßte, wäre ich beinahe glücklich.«

»Vielleicht hast du bald genug Klavierschüler – dann brauchst du es nicht mehr«, sagt Hanneli tröstend.

Die Zeit eilt dahin – draußen ist es schon dunkel. Die jungen Gäste müssen so langsam an den Abschied denken. Einer nach dem andern verläßt dankend das Wisselnest. Als sich Norman von Hella verabschiedet, hat er noch eine Bitte: »Grüßt Annelore schön von mir! Und hier ist ein kleines Weihnachtsgeschenk für sie: ein Lied, das ich vertont habe. Seid recht lieb zu ihr! Sie ist so zart – viel zu zart für den harten Lebenskampf. Ihre Eltern haben sie nicht richtig vorbereitet auf all das, was über uns hereinbrechen kann. Leider darf ich sie nicht besuchen im Krankenhaus. Ihre Eltern wünschen das nicht, und ich bin ja auch keiner, mit dem man Staat machen kann – bloß ein mittelloses Heimkind. Aber ich möchte nicht den Fehler begehen, den meine Mutter beging und mich einfach hinwegsetzen über den Willen der Eltern – auch wenn es nicht meine eigenen Eltern sind.« – Hella verspricht, alles gewissenhaft auszurichten.

Als das Wisselnest wieder leer geworden und der Clubraum aufgeräumt ist und die Wisselmann-Mädchen die Treppe hinaufsteigen, stößt Hanneli einen tiefen Seuzfer aus. »War das ein herrlicher Tag – einfach wunderbar! Schau mal, was ich bekommen habe, Hella! Wart nur, ich lege gerade mal alles auf den Dielentisch. Dieses reizende Taschentuch-Beutelchen ist von Elena. Dann habe ich ein prächtiges, mit Zuckerguß verziertes Lebkuchenherz bekommen. Es ist von Andy Röder, das hab ich gleich gemerkt, denn er hat so komisch gegrinst, als ich es auspackte. Außerdem hab ich noch eine große Schachtel Pralinen gekriegt.«

»Du auch?« wundert sich Hella. »Das muß von Dietmar sein; oder von Dietmar und Flo zusammen.«

»Hat Stefan Brunner dir etwas geschenkt?« möchte das neugierige Hanneli wissen.

»Ja, ein Missionsbuch«, erwidert Hella kurz.

»Wie ulkig!« staunt Hanneli. »Hattest du für ihn nicht auch eins besorgt?«

»Das muß Gedankenübertragung gewesen sein«, lächelt Hella. »Es ist aber nicht das gleiche Buch.«

»Wie bei Hartmut und Silvia«, nickt Hanneli. »Die haben sich beide was über Pferde geschenkt. – Wie schön war doch der Ring, den Markus für Henny gekauft hat! Ob die beiden sich bald verloben werden?«

»Ach, Hanneli, du fragst zuviel auf einmal! Weißt du nicht mehr, was Vater zu Markus gesagt hat? Daß er viel Geduld haben muß?«

»Annelore wird auch Geduld haben müssen, weil ihre Eltern von ihrem Freund Norman nichts wissen wollen«, plaudert Hanneli unverdrossen weiter. »Das ist eigentlich dumm von ihnen, denn ich finde Norman wirklich nett, – du nicht auch, Hella?«

Hella nickt. »Er ist schon sehr reif für seine 18 Jahre.

Und so zielbewußt! Vielleicht deshalb, weil er es so schwer gehabt hat im Leben. – Übrigens darfst du die Freundschaft zwischen Annelore und Norman nicht mit der von Henny und Markus vergleichen. Das ist etwas ganz anderes. Annelore und Norman sind nicht verliebt oder so etwas – sie sind nur Freunde, die einander helfen wollen.«

Hanneli nickt ernsthaft. »Oh, ich versteh schon. So etwa wie Andy und ich. – Den Heiko mag ich auch gut leiden; und den kleinen Mario. Aber die Wiltrud – die hat Haare auf den Zähnen – hast du's gemerkt?«

»Ich finde, daß Henny sie sehr gut in Schach gehalten hat«, erklärt die große Schwester. »Außerdem finde ich, daß du deiner Zunge nach diesem anstrengenden Tag etwas Ruhe gönnen solltest!«

Da klappt Hanneli ihr Plappermäulchen zu und verschwindet schnell in ihrem Zimmer.

Montag nach dem 4. Advent

Hella weiß Rat

Dies ist nun die letzte Englisch-Stunde vor den Weihnachtsferien, die Hella Dietmar Piepenbrink zu geben hat. Dietmar wollte es sich richtig gemütlich machen. Er thront hinter seinem Schreibtisch und hat alle seine Süßigkeiten, die ihm gestern bei der Jugend-Weihnachtsfeier verehrt worden sind, um sich her aufgebaut. Hella sollte sie mit ihm gemeinsam versuchen, – das hatte er gehofft, denn er weiß ganz gut, daß Hella solche leckeren Dinge nicht verachtet.

Doch er hat sich getäuscht. Hella ist heute weder zum Plaudern noch zum Naschen aufgelegt. Sie geht sofort zur Sache. »Ich habe heute wenig Zeit«, tut sie ihm kurz und bündig kund, »weil ich nämlich noch etwas Wichtiges vorhabe. Fangen wir also an.«

Nachdem die Englisch-Stunde beendet ist, läuft Hella los. Nanu, sie biegt ja in den Eschenweg ein! Ob sie Frau Hundertmark besuchen will? Nein, sie läutet nebenan. Frau Trinklein öffnet ihr und freut sich über den lieben Besuch. Gleich fängt sie an zu schwärmen von dem wunderschönen Altennachmittag im Wisselnest. Dann wird der Kaffeetisch gedeckt, das läßt sie sich nicht nehmen. Hella muß vom Fest der Behinderten und vom Jugend-Weihnachtsfest erzählen. Nach dem gemütlichen Kaffeestündchen spielt Hella etwas auf der Flöte vor, die sie mitgebracht hat.

Dann räuspert sie sich und blickt Herrn Ihlig fest an. »Opa Ihlig«, beginnt sie, »du hast doch gesagt, ich dürfte zu dir kommen, wenn ich mal einen Wunsch hätte.«

»O ja«, bestätigt Herr Ihlig. »Darf ich dir wirklich einen Weihnachtswunsch erfüllen?«

»Du hast auch gesagt, ihr würdet gerne einen netten jungen Menschen in euer Haus aufnehmen, der Frau Trinklein ein wenig zur Hand gehen könnte«, fährt Hella mit erhobener Stimme fort. »Ihr braucht doch jemanden, der für euch Schnee schaufelt, die Straße kehrt, die Mülltonne herausschleppt und andere schwere Arbeiten verrichtet.«

Herr Ihlig schaut Hella gespannt an. »Und du kennst einen solchen jungen Menschen, der in unser Haus passen würde?«

»Seit gestern!« ruft Hella triumphierend. »Es ist ein junger Bursche von achtzehn Jahren, der ganz allein auf der Welt steht. Er ist sehr musikbegabt und möchte gerne Organist werden. Da er keine Eltern mehr hat, lebt er in einem Heim. Aber dort möchte er begreiflicherweise nicht bleiben. Er braucht ein Klavier zum Üben, und viel Geld hat er auch nicht, denn er bekommt nur sein Waisengeld. Etwas verdient er sich noch dazu in der Band, in der er spielt. Das macht ihm nicht viel Spaß. Er tut es nur um des Geldes willen, denn Musikunterricht ist teuer. Ich glaube, daß ihr gut mit ihm zurechtkommen würdet. Weil er ein so schweres Leben hatte, ist er schon sehr reif für sein Alter. Er hat uns ein wunderschönes Weihnachtslied gelehrt, das wir noch nicht kannten.«

»Das klingt recht hoffnungsvoll«, meint Herr Ihlig. »Wo habt ihr den jungen Mann kennengelernt?«

»Meine Freundin Annelore Wienhold ist ihm in der Städtischen Musikschule begegnet. Sie nimmt dort Gesangunterricht. Zur Zeit ist sie leider krank und liegt mit einer schweren Bronchitis in der Klinik. Annelore hatte mir vorgeschlagen, Norman Wagendorf zu unserer Jugend-Weihnachtsfeier einzuladen. Das haben wir nicht bereut. Er hat uns allen sehr gefallen, und er möchte fortan auch mitmachen beim Wima-Hilfsdienst. Ich hätte dich nicht gefragt, Opa Ihlig, wenn ich nicht wüßte, daß du Musik liebst. Du verstehst, daß er üben muß. Und das kann nicht jeder vertragen. Im Heim hat er ein Klavier, wenn es auch alt und verstimmt ist. Aber es ist nicht schön, immer im Heim zu leben. Dort hat er niemanden, der seine Interessen teilt. Niemand fragt nach Gott, niemand geht mit ihm zur Kirche.«

»Und er – er tut das?« fragt Herr Ihlig.

»Na, das ist doch klar, er will ja Organist werden«, erwidert Hella.

Herr Ihlig schüttelt betrübt den Kopf. »Nein, Hella, das ist leider nicht immer klar. Es gibt manche – ich habe selbst welche gekannt –, die erwählen diesen Beruf nur um der Musik willen und ohne innere Überzeugung und Berufung.«

»So ist es bei Norman nicht«, versichert Hella. »Sein Lieblingslied ist ›Jesu, meine Freude‹. Die Bachkantate über dieses Lied hat ihm innerlich sehr geholfen, als er einsam und verzweifelt war nach dem Tode seiner Mutter. – Natürlich brauchst du dich jetzt noch nicht zu entscheiden. Du mußt ihn ja erst kennenlernen, Opa Ihlig. Darf er sich bei dir vorstellen? Darf er, Opa Ihlig? Das ist mein Weihnachtswunsch.«

»Selbstverständlich darf er das«, lächelt Herr Ihlig. »Es wird uns eine Freude sein. – Und wie steht es mit dir selbst? Hast du keinen Wunsch für dich ganz persönlich? Und wie sind deine Zukunftspläne?«

»Nein, ich habe weiter keinen Wunsch«, sagt Hella. »Ich habe ja alles. Ich bin ein glücklicher Mensch. Vielleicht gehe ich später in die Mission – wenn Gott mich ruft. Von allein kann man das nicht entscheiden. Das wäre zu schwer.«

Dienstag nach dem 4. Advent

Für Silvia wird alles anders

Frau Brunner hat viel Arbeit. Tante Freda liegt noch im Krankenhaus. Eine neue Praktikantin wird sie wahrscheinlich erst im neuen Jahr bekommen. Die Jungen sind jetzt am Vormittag noch in der Schule. Aber wo steckt Silvia? Könnte sie ihrer Mutter nicht in der Küche zur Hand gehen? Sie ist doch ein großes Mädchen, schon dreizehn Jahre alt.

Frau Brunner tritt auf die Treppe hinaus und ruft laut nach ihrer Tochter. Zuerst regt und rührt sich nichts, dann taucht Silvias dunkelblonder Kopf in der Ecke bei den Ställen auf. Frau Brunner winkt ihr heftig, da kommt sie angelaufen.

»Wo steckst du denn, Mädchen?« fragt die Mutter. »Komm mit und hilf mir in der Küche! Jetzt vor Weihnachten droht mir die Arbeit über den Kopf zu wachsen.«

»Ich war bei den Pferden«, gesteht Silvia kleinlaut. »Weißt du, Mama: es gibt da soviel nachzuholen für mich.«

»Nicht nur in den Ställen, bei den Pferden«, seufzt Silvias Mutter. »Auch in der Küche, mein liebes Kind. Ich möchte gar nicht haben, daß du gleich wieder mit dem Reiten anfängst.«

»Aber Mama! Du weißt doch, wie sehr ich Pferde liebe«, wirft Silvia bittend ein.

Frau Brunner stößt einen zweiten Seufzer aus. »Ja, leider. Doch ich habe das schreckliche Unglück noch nicht vergessen. Warte noch damit! Hörst du, Silvia? Ich kann es noch nicht ertragen.«

»Aber Mama!« wiederholt Silvia. »Du mußt keine Angst haben. Ich habe auch keine. Wo kämen wir sonst hin? Dann dürftest du Stefan auch nicht erlauben, Auto zu fahren! Mit dem Auto verunglücken viel mehr Menschen als mit dem Pferd.«

»Das weiß ich wohl«, sagt Frau Brunner. »Trotzdem möchte ich es nicht.«

»Nein, nein, ich will schon noch warten«, beruhigt Silvia ihre erregte Mutter. »Ich bin gar nicht geritten. Ich war nur so bei den Pferden.«

»Du gehst einfach so zu den Pferden – und ich weiß nicht aus noch ein vor lauter Arbeit!« wirft Frau Brunner ihrer Tochter vor.

Silvia blickt ihre Mutter groß an. Was hat sie nur? Warum ist sie heute bloß so aufgeregt? »Beim Frühstück hast du nichts gesagt, daß ich dir in der Küche helfen soll«, stellt sie fest. Dann fügt sie leise hinzu: »Wahrscheinlich bin ich auch keine so große Hilfe für dich. Die andern Mädchen in meinem Alter sind bestimmt tüchtiger. So eine wie Hella Wisselmann! Die kann einfach alles. Ich habe noch keine Übung, stelle mich noch schrecklich ungeschickt an.«

Silvia will fragen, welche Arbeit sie übernehmen soll. Aber sie weiß, daß ihre Mutter das nicht gern hat. So schaut sie sich um, sieht die gewaschenen Kartoffeln, holt ein Messer und fängt an, sie zu schälen. Weil ihre Hand zittert, schneidet sie sich prompt in den Finger. Nun tropft es auf die Fliesen des Küchenbodens: Blut aus ihrem Finger und Tränen aus ihren Augen.

»Silvia! Was hast du da wieder angestellt!« ruft Frau Brunner entsetzt und klebt schnell ein Pflaster auf die Schnittwunde. Das Blut versiegt, nicht jedoch Silvias

Tränen. Die fließen immer reichlicher. Frau Brunner hört auf mit all ihrer Geschäftigkeit und läßt die Arbeit liegen. Sie setzt sich neben ihr schluchzendes Kind und legt tröstend den Arm um die zuckenden Schultern.
»Verzeih mir, Silvia! Ich weiß gar nicht, warum ich heute so nervös bin. Vielleicht deshalb, weil ich schon am Morgen Kopfweh hatte.«

»Nein, nein, ich bin schuld«, weint Silvia. »Ich hätte es merken müssen, daß du mich brauchst. Verzeih mir, Mama, daß ich nach dem Frühstück einfach weggelaufen bin!«

»Also schön, jetzt haben wir uns beide um Verzeihung gebeten, jetzt ist alles wieder gut, ja?« lächelt Frau Brunner und reicht ihrer Tochter ein frisches Papiertaschentuch, damit sie ihr Gesicht abtrocknen kann. »Weißt du, ich glaube, es kommt alles daher, weil Tante Freda mir an allen Ecken fehlt. Sie ist so etwas wie ein guter Geist in unserm Hause. Ihre innere Ruhe hat uns alle gestärkt.«

»Und ihr Gebet!« fügt Silvia ernst hinzu. »Sie hat immer Geduld gehabt mit mir. Ihr müßt jetzt auch Geduld mit mir haben, bis ich mich an mein neues Leben gewöhnt habe.«

»Ja, das wollen wir«, verspricht die Mutter. »Und du darfst nicht so empfindlich sein, Silvia! Bisher hast du in einem windgeschützten Raum gelebt, sozusagen unter einer Glasglocke. Jetzt mußt du lernen, dich an die neuen Maßstäbe zu gewöhnen – an die Art, wie man ein gesundes Kind behandelt. Was nützt es schon, wenn ich mich weiter bemühe, dich – wie zur Zeit deiner Krankheit – vor jedem rauhen Luftzug zu beschützen? Du weißt, was dir bevorsteht: nach den Weihnachtsferien wirst du zur Schule gehen – wie deine Brüder, wie alle gesunden Kinder.«

»Bangemachen gilt nicht!« sagt Silvia leise. »Sieh, ich freu' mich doch schon auf die Schule.«

»Du bist es noch nicht gewöhnt, eine unter vielen zu sein«, mahnt Frau Brunner. »Bis jetzt hast du durch deine Krankheit immer eine Sonderstellung eingenommen. Dies ist nun vorbei. Du wirst noch viel lernen müssen, mein armes Mädchen.«

Plötzlich erhellt sich Silvias Gesicht, und sie hebt den gesenkten Kopf. Es ist, als wenn die Frühlingssonne wieder hervorbricht nach einem Aprilschauer. »Wie dumm ich doch gewesen bin!« ruft sie aus. »Ach, Mama, wir haben ja ganz vergessen, daß Advent ist. All die schönen Lieder – da steht es doch drin. Zum Beispiel dies:

Auf, ihr betrübten Herzen,
der König ist gar nah;
hinweg all Angst und Schmerzen,
der Helfer ist schon da.

Darum brauchen wir keine Angst zu haben, vor nichts. Weil der Helfer da ist! Wenn er mir geholfen hat, solange ich krank war – wird er mir da nicht auch jetzt helfen, nachdem er mich gesund gemacht hat? Ja, bestimmt, er wird mir helfen, mit dem neuen Leben fertig zu werden.«

»Du hast recht«, bestätigt Frau Brunner. »Wir sind wirklich dumm gewesen. Das kommt alles daher, weil ich heute morgen in so großer Hetze war. Die Arbeit lag vor mir wie ein hoher Berg. Da hab ich meine ›Stille Zeit‹ aufgeschoben. Dann geht uns alles schief. Komm, Silvia, wir wollen das jetzt zusammen nachholen. Wir wollen die Losung lesen und das Andachtsbuch, wir wollen das schöne Adventslied singen, das du erwähnt hast:

›*Auf, auf ihr Reichsgenossen,
euer König kommt heran!*‹

Und dann wollen wir gemeinsam Gott um seinen Segen und um seine Hilfe bitten – für diesen Tag und für alle Tage.«

Mittwoch nach dem 4. Advent

Annelore im Dornwald

Gudrun Winter hat ihre kranke Freundin im Krankenhaus besucht. Sie sitzt an ihrem Bett und erzählt ihr von der Jugend-Weihnachtsfeier. – »Ach, daß ich nicht dabei sein konnte!« klagt Annelore. »Ich bin aufs Abstellgleis gestellt worden. Das ist bitter.«

»Vielleicht darfst du bald wieder nach Hause«, tröstet Gudrun.

»Ja, wahrscheinlich am Samstag, am Heiligen Abend. Aber was nützt mir das schon? Es ist doch nur für kurze Zeit. Dann muß ich wieder fort, in ein Sanatorium im Schwarzwald. Wegen meiner Lunge. Wer weiß, ob ich überhaupt wieder in unsre Klasse zurückkehre. Meine Eltern haben mir schon angedeutet, daß sie mich in ein hochgelegenes Internat in der Schweiz geben möchten. Wegen der guten Bergluft. Sie haben eben große Angst um mich. Ich bin ja ihr einziges Kind. Ist das nicht schrecklich, Gudrun? Ich will nicht fort von hier, von euch allen, vom Wima-Hilfsdienst, vom Mädchenkreis. Ich will nicht in die Schweiz. Ich möchte hierbleiben, weiter die Musikschule besuchen und später einmal Sängerin werden. Aber dazu muß man gesund sein und eine gute Lunge haben. Man wird ja nicht gefragt. Es bricht einfach über einen herein. Ach, Gudrun, was soll nun werden? Wer wird sich um Norman kümmern, wenn ich nicht mehr da bin?«

»Wir alle werden uns um ihn kümmern, wir alle vom Wima-Hilfsdienst«, versichert Gudrun.

»Das ist lieb von euch«, sagt Annelore und fährt dann

leise und stockend fort: »Gudrun – hör mal – glaubst du – daß es eine Strafe ist?«

»Was soll eine Strafe sein?« fragt Gudrun.

»Meine Krankheit. Weil ich meinen Eltern nicht gehorcht habe. Weil ich immer nur ein halber Christ gewesen bin und auf beiden Seiten gehinkt habe. Weil ich niemals wirklich Ernst gemacht habe mit der Nachfolge.«

»Nein, Annelore, so etwas darfst du nicht denken«, erklärt Gudrun mit Bestimmtheit. »Erinnerst du dich noch an unsere Alten-Adventsfeier? Da hast du das Lied gesungen ›Maria durch ein Dornwald ging‹. Weißt du noch, was Henny zu diesem Lied gesagt hat? Jeder von uns muß früher oder später mal durch einen Dornwald wandern. König David spricht in seinem Hirtenlied von einem ›finsteren Tal‹. Du weißt, daß ich schon als Kind durch ein solches Tal, durch einen solchen Dornwald, gehen mußte. Das war damals, als meine beiden Eltern bei einem Autounfall ums Leben kamen. Solche Wege sind schwer, aber sie gehören wohl zu unserem Menschsein. Denk an Silvia, an Henny Fiedler, an Rosedore Dohm und Alf Rodewald! Eine Strafe ist ein solcher Weg durch den Dornwald bestimmt nicht. Und wenn wir Jesus im Herzen tragen, können unsere Dornen anfangen zu blühen. So hat es Henny ausgedrückt.«

»Das ist es ja gerade, was ich nicht weiß«, flüstert Annelore. »Nämlich: ob Jesus bei mir ist. Ich habe keine Ehre für ihn eingelegt. Ich habe meinen Eltern nicht gehorcht. Ich war nie ein ganzer Christ, – höchstens ein halber. Wohl habe ich Jesus lieb – aber nicht genug. Ich liebe auch noch viele andere Dinge: schöne Kleider und Schmucksachen und Musik und Besuche im ›Süßen Eck‹ und Ehre und Anerkennung und – mich selbst.«

»Du weißt nicht, ob Jesus bei dir ist? Ich weiß

bestimmt, daß er es ist!« sagt Gudrun mit ungewohnter Lebhaftigkeit.

Annelore runzelt die Stirn. »Woher willst du das wissen?«

»Weil es in der Bibel steht«, erwidert Gudrun, »im Jesaja-Buch, glaube ich. Dort steht, daß Gott in der Höhe und im Heiligtum wohnt – und bei denen, die zerschlagenen und demütigen Geistes sind. Also auch bei dir! Solange es uns gut geht und wir uns für gut halten, brauchen wir nicht unbedingt einen Heiland. Aber wenn wir merken, daß wir Versager sind und tief in der Kreide stecken, dann brauchen wir nichts nötiger als den, der unsern Schuldbrief ans Kreuz geheftet und dadurch vernichtet hat.«

»Ach, wenn ich es doch nur glauben könnte, daß Gott mir vergeben hat!« seufzt Annelore. »Wenn er mir doch ein Zeichen geben würde! Ich weiß, es ist nicht recht, so etwas zu fordern oder auch nur zu erwarten . . . Aber es wäre solch ein Trost. Ich hätte dann etwas, an dem ich mich festhalten könnte – in meiner Krankheit und bei allem, was danach auf mich zukommt.«

In diesem Augenblick wird leise an die Tür des Krankenzimmers geklopft, und dann tritt Hella Wisselmann herein. »Hallo, Annelore! Sei gegrüßt!« ruft sie ihrer kranken Freundin in aufmunterndem Ton zu. »Ich bringe dir gute Nachrichten. Es ist eine Bleibe gefunden worden für Norman Wagendorf – nein, viel mehr als nur eine Unterkunft – ein richtiges Zuhause.«

Sie setzt sich zu Annelore aufs Bett und erzählt von Opa Ihlig, ihrem früheren Nachbarn. Gestern hat Norman sich dort vorgestellt, und alles ist zur beiderseitigen Zufriedenheit geregelt worden. Norman wird das Weihnachtsfest schon im Eschenweg feiern.

Annelores blasses Gesicht färbt sich vor Freude ein

wenig rot, und in ihre traurigen Augen kommt wieder Glanz. »Das Zeichen!« raunt sie Gudrun zu. »Da ist es! O, Gott ist so gnädig, so gut – obwohl ich es nicht verdient habe – jetzt weiß ich es wieder – jetzt hab ich keine Angst mehr – nicht vor dem Sanatorium – und auch nicht vor dem Schweizer Internat. Was mit mir geschieht, ist gar nicht so wichtig. Die Hauptsache, für Norman ist gesorgt. Er ist so begabt. An seinem schönen Talent sollen noch viele Menschen Freude haben und dadurch gesegnet werden.«

Hella erzählt von den Klavierschülerinnen, die Norman bekommen wird, und dann unterhalten sich die drei Freundinnen noch lange über die Jugend-Weihnachtsfeier im Wisselnest. Annelore möchte jede Einzelheit wissen. Zuletzt überreicht Hella ihr Normans Weihnachtsgeschenk. Es ist ein Vers von Fritz Schmidt-König, den er für sie vertont hat. Der Text lautet so:

>*»Er will dich wohl bewahren,*
>*wie wild der Wind auch weht.*
>*Was kann dir widerfahren,*
>*wenn er an deiner Seite steht?«*

»Eines Tages werde ich dieses Lied singen«, sagt Annelore. »Text und Melodie sind wunderschön. Genau im richtigen Augenblick habe ich es geschenkt bekommen.«

»In unserm Leben geschieht alles im richtigen Augenblick, wenn wir uns Gottes Führung anvertrauen«, meint Gudrun.

»Gottes Pläne sind leider oft ›Geheimpläne‹, die wir nicht gleich durchschauen können«, fügt Hella hinzu. »Dann erkennen wir Gottes Absichten nicht und wissen manchmal nicht mehr weiter.«

»Es kann sogar geschehen, daß wir dann an Gottes Liebe zweifeln«, fährt Gudrun fort. »An unserm Lebensschicksal läßt sich Gottes Liebe nicht immer ablesen. Für Gottes Liebe gibt es nur einen unwiderlegbaren Beweis.«

»Genau genommen sind es zwei, die aber ganz eng zusammengehören«, ergänzt Hella. »Nämlich: die Krippe in Bethlehem und das Kreuz von Golgatha.«

Donnerstag nach dem 4. Advent

Ein bitterer Tropfen im Freudenbecher

Am letzten Schultag hat Stefan Brunner Hella in der Pause gebeten, nach der Schule auf ihn zu warten. Er wolle sie ein Stück begleiten auf dem Heimweg. Darüber freut sich Hella Wisselmann. Stefan schiebt sein Rad, und so wandern sie langsam in Richtung Heckenweg. Hella bedankt sich noch einmal für Stefans Geschenk, das schöne Missionsbuch.

Stefan lächelt ein wenig kläglich. »Ja, so haben wir beide wenigstens eine Erinnerung an unsere Jugendträume. Denn siehst du, Hella, er wird nichts daraus werden. Das wollte ich dir heute sagen. Ich muß einfach mit jemandem darüber sprechen. Und außer dir weiß es ja noch niemand. Es soll auch keiner je erfahren.«

»Was ist denn los, Stefan? Ist etwas passiert?« fragt Hella beunruhigt. »Oder hast du es dir einfach anders überlegt?«

»Da gibt es nichts mehr zu überlegen«, erwidert Stefan niedergeschlagen. »Mein Bruder Hubert hat erklärt, daß er gerne Pfarrer werden möchte. Unsre Eltern sind damit einverstanden.«

»Und du hast nichts dazu gesagt?« forscht Hella.

»Was sollte ich denn sagen? Da gab es nichts zu sagen. Hubert hat uns gestanden, er hätte ein Gelübde abgelegt: Wenn Silvia je wieder gehen könnte, würde er Theologie studieren und Pfarrer werden. Nun ist das Wunder geschehen, und er will und muß Pfarrer werden.«

»Genügt es denn nicht, wenn einer aus eurer Familie sein Leben ganz in den Dienst Gottes stellt?«

»Ach, Hella, mit Gott kann man doch nicht handeln. Das geht doch nicht. Hubert will auch nicht nur deshalb Pfarrer werden, weil er es gelobt hat: er möchte es wirklich gern. Und er ist bestimmt gut dazu geeignet. Weil ich der Älteste bin, haben die Eltern immer in mir den Erben gesehen. Und ich liebe ja auch unsern Brunnenhof. Wahrscheinlich war alles eine Täuschung. Ich bin gar nicht zum Mediziner berufen und erst recht nicht für die Mission bestimmt.«

»Aber du hast dich doch schon längst zur Medizin hingezogen gefühlt«, wendet Hella ein. »Das kannst du dir doch nicht eingebildet haben!«

»Nein, eingebildet habe ich es mir nicht. Doch es soll eben nicht sein. Der Weg ist mir verbaut. Ich muß mich damit abfinden. Vielleicht kann ich mal einige Semester Veterinär-Medizin studieren. Das ist immer nützlich für einen Landwirt. Da kann man seinen lieben Vierbeinern bei kleineren Leiden schon mal selber helfen. – Und nun tschüs, Hella! Ich muß mich beeilen, sonst komm ich zu spät zum Mittagessen. Frohe Weihnachten! Wir sehn uns wohl noch mal in den Weihnachtsferien. Übrigens, ein Missionsfreund kann man ja immer sein, auch wenn man nicht an vorderster Front aktiv ist, nicht wahr? Man kann für die Missionare beten, an ihrem Leben teilnehmen und sie mit allem Nötigen versorgen.«

An diesem Abend ist es Hella, die ihre Mutter aufsucht, um mit ihr ein Gespräch ›unter vier Augen‹ zu führen. – »Mit mir stimmt es nicht, Mutti«, klagt sie. »Ich kann mich gar nicht mehr richtig über Silvias wunderbare Heilung freuen. Weil dadurch Stefans Zukunftspläne vernichtet worden sind. Das soll zwar niemand wissen, aber ich muß es dir einfach erzählen und mit dir darüber reden, sonst ist meine ganze Weihnachtsfreude futsch. Und ich weiß ja, daß du mit keinem darüber sprichst.«

»Natürlich nicht«, erwidert Frau Wisselmann gelassen und blickt ihre große Tochter freundlich an. »Erleichtere nur dein Herz, damit du fröhlich Weihnachten feiern kannst!« – Da berichtet Hella ihrer Mutter von Stefans Neigung zur Medizin und von seinen Plänen, in die Mission zu gehen, die nun alle vereitelt worden sind, weil sein Bruder Hubert Pfarrer werden möchte und Stefan den Hof übernehmen muß.

Frau Wisselmann denkt eine Weile ruhig nach und sagt dann: »Die meisten Schwierigkeiten und Nöte in unserm Leben rühren daher, daß wir Gott nicht völlig vertrauen. ›Völliges Vertrauen ist Seligkeit‹, – hat Hudson Taylor, der große China-Missionar und Begründer der China-Inland-Mission, einmal gesagt. Das ist nur zu wahr. Wenn wir unserm himmlischen Vater in allem völlig vertrauen würden, wären wir frei von Sorgen und Ängsten. Überleg es dir mal in aller Ruhe, Hella: Wenn Gott den Stefan Brunner wirklich draußen auf dem Missionsfeld haben möchte, wird er ihm die Tür dorthin öffnen und die Wege ebnen. Deshalb dürfen wir ganz ruhig und getrost sein und abwarten, wie er uns und unsere Freunde weiterführt im Leben. Stefan Brunner wird Gott auf jedem Platz mit Leib und Seele dienen – auch als Landwirt. Einen Besitz wie den Brunnerhof zu verwalten, ist auch eine schöne Aufgabe.«

»Du hast natürlich recht – wie immer, Mutti«, antwortet Hella leise. »Mein Vertrauen ist noch sehr schwach. Wenn ich da an Abraham denke – wie hat der Gott vertraut! Darum hat Gott auch zu ihm gesagt: ›Abraham, du bist in Ordnung, du bist okay. Dich kann ich gebrauchen, weil du mir und meinem Wort vertraust.‹ – Andern zu predigen und sie mit frommen Worten zu trösten – das geht leicht. Erst gestern habe ich zu Annelore so schön von ›Gottes Geheimplänen‹ gesprochen, die wir nicht immer durchschauen können. Aber wenn es uns selber betrifft oder unsre Freunde, dann ist es schwer. Dann wollen wir gleich verzagen und die Flinte ins Korn werfen und vorwurfsvoll fragen: ›Warum, ach, warum?‹«

»Auch das gehört zu Gottes ›gutem Lehrplan‹, daß er uns immer wieder unsere Grenzen aufzeigt«, erklärt Mutter Wisselmann. »Er will uns dadurch klarmachen, wieviel wir noch zu lernen haben auf der Lebensschule.«

Freitag nach dem 4. Advent

Dietmars Trick

Hanneli Wisselmann ist kein Langschläfer, schon gar nicht in den Ferien und erst recht nicht einen Tag vor Heiligabend. Draußen ist es noch dunkel, als sie voller Eifer den Frühstückstisch deckt. Da läutet es an der Haustür. Wer mag das sein – zu so früher Stunde? Der Briefträger kommt doch erst später. Vielleicht das Paketauto oder sonst ein ›Weihnachtsmann‹?

Gespannt lugt Hanneli durch das ›Guckloch‹ in der Haustür. Ach, das ist ja der Wisselmannsche Weihnachtsgast Dietmar Piepenbrink! Wie ein Weihnachtsmann sieht er allerdings aus, denn er keucht schwer unter der Last einer großen Reisetasche und eines Riesenbeutels.

»Da bin ich also«, begrüßt Dietmar das jüngste Wisselmännchen.

»Hast du schon gefrühstückt?« fragt Hanneli.

»Ja, aber nur einen Apfel, zwei Brötchen, ein Ei und eine Tasse Kaba«, lautet Dietmars Antwort. »Und das ist schon wieder eine Weile her.«

Hanneli wird es leicht mulmig zumute, und sie denkt besorgt: »Ob Hartmut recht behalten und Dietmar uns arm essen wird mit seinem ungeheuren Appetit?«

Doch sie sagt höflich, wie es sich geziemt: »Komm nur herein ins Eßzimmer, wir werden gleich essen. Sonst frühstücken wir alltags in der Küche. Doch weil heute der erste Ferientag ist, wollen wir es uns recht gemütlich machen.«

»Das ist recht«, lobt Dietmar und betrachtet sich

nachdenklich Hannelis Werk. »Habt ihr keinen Adventskranz? Ah, dort, nebenan im Wohnzimmer. Komm, wir wollen ihn auf den Frühstückstisch stellen und die Kerzen anzünden, das sieht hübsch aus an einem trüben Morgen wie heute.«

Hanneli zögert. »Wir stecken ihn gewöhnlich abends an.«

»Ja, aber man muß die Kerzen jetzt abbrennen, da morgen schon Heiligabend ist«, bemerkt Dietmar praktisch. Das sieht Hanneli ein, und so bekommt der Frühstückstisch ein richtig feierliches Aussehen.

Nachdem sich die ganze Familie eingefunden hat, der Gast begrüßt und das Tischgebet gesprochen worden ist, stellt es sich heraus, daß Hartmuts und Hannelis Befürchtungen in bezug auf Dietmars Eßlust unbegründet gewesen sind. Dietmar fängt an, in seinem Riesenbeutel zu kramen und fördert allerlei Weihnachtsgebäck zutage, das Marion vor ihrer Abreise in den Weihnachtsurlaub hergestellt hat. Davon bietet er jetzt freigebig an: Apfeltaschen, Nußecken, Ingwer-Törtchen und Vanille-Kipferl.

»Das ist sehr nett von dir, Dietmar«, meint Frau Wisselmann. »Aber glaubst du, daß es gesund ist, den Tag gleich mit allerlei Naschwerk zu beginnen?«

»Du hast vollkommen recht, Tante Wisselmann«, gibt Dietmar bereitwillig zu. »Der Schnellzug muß immer vor dem Bummelzug losfahren, sonst ist eine Kollision im Bauch zu befürchten. Fangen wir also mit Rohkost an! Bitteschön, hier sind Mandarinen – oder sind es Clementinen? Egal, sie sind jedenfalls kernlos und zuckersüß. Ich kann sie wärmstens empfehlen. Und wer noch etwas für seine Verdauung tun möchte, darf als Nachtisch eine Feige nehmen. Hier habe ich welche, frisch, saftig und süß.«

Wer könnte diesem Dietmar böse sein? Alle müssen lachen, und Frau Wisselmann lenkt ein: »Schön, essen wir zuerst eine Clementine, danach Knäckebrot oder Vollkornbrot mit Butter, Quark oder Marmelade. Dann haben wir eine solide Grundlage im Magen und können noch die Piepenbrinkschen Weihnachtsbäckereien versuchen.«

»Du bist große Klasse, Tante Wisselmann«, sagt Dietmar honigsüß. »Ich habe immer gewußt, daß wir uns bestens verstehen würden.«

Während alle vergnügt schmausen, ergreift Dietmar wieder das Wort. »Ihr dürft euch nicht wundern, wenn heute vormittag das Telefon klingelt. Meine Eltern könnten vielleicht anrufen.«

»Versteht sich«, nickt Lehrer Wisselmann. »Sie werden dir mitteilen wollen, daß sie gut in den Bergen angekommen sind.«

»Das auch«, bestätigt Dietmar. »Doch zuerst werden sie sich erkundigen, ob ich bei euch bin.«

»Ja, wissen sie es denn nicht?« wundert sich Frau Wisselmann.

Dietmar grinst breit und milde wie der Vollmond. »Natürlich nicht. Sonst hätten sie es mir doch nicht erlaubt.«

Lehrer Wisselmann ringt nach Luft. »Du bist also – du hast dich also . . . «

». . . heimlich davon gestohlen«, ergänzt Dietmar, und seine Augen glitzern schlau. »Es gab keine andere Möglichkeit. Sonst hätte ich mitmüssen in das blöde Hotel.«

»Und wie hast du's zustande gebracht?« fragt Hanneli gespannt.

»Durch einen kleinen Trick«, erwidert Dietmar bescheiden. »War ganz einfach. Sagte, ich wollte hinten auf dem Rücksitz weiterschlafen, war ja noch ganz dunkel. Dann nahm ich Flos großen Teddybären, zog ihm meinen dicken Pullover an, setzte ihm eine von meinen Strickmützen auf, wickelte einen Mantel um seine Beine und seinen Bauch und dann eine Decke um das ganze. Wirkte ziemlich echt, kann ich euch verraten.«

Hartmut zieht die Augenbrauen hoch. »Und deine Eltern haben wirklich nichts gemerkt?«

»I wo. Es war ja noch stockfinster. Die waren auch so sehr damit beschäftigt, das Wasser und den Strom abzustellen und die Haustür zuzuschließen. Inzwischen hatte ich längst alles bestens geordnet und mich selbst samt Beutel und Tasche im Garten versteckt. Da brausten sie also los – ohne mich, doch dafür mit Flos Teddybär auf dem Rücksitz! Der wird sich freuen, der gute Kerl!«

Hanneli muß kichern, Hella muß lachen, und schließlich prusten sie alle los. – »Werden deine Eltern jetzt sehr böse auf dich sein?« möchte Hanneli dann wissen.

Dietmar zuckt die Achseln. »Sie sind ja weit weg!«

»Dir sollte man eigentlich die Ohren gehörig langziehen, du Gauner!« droht Lehrer Wisselmann!«

»Bitte schön, Onkel Wisselmann!« fordert ihn Dietmar schalkhaft auf und fügt dann hinzu: »Ich hatte keine andere Möglichkeit, um dem blöden Hotel zu entgehen.«

Und richtig, es ist noch keine elf Uhr, da klingelt das Telefon. Lehrer Wisselmann nimmt den Hörer ab. Am andern Ende der Leitung meldet sich Frau Piepenbrink. Ihre Stimme klingt sehr aufgeregt.

»Beruhigen Sie sich, Frau Piepenbrink«, sagt Lehrer Wisselmann. »Ihr Sohn ist hier bei uns im Wisselnest. Es geht ihm ausgezeichnet. Dem Teddy auch, hoffe ich?«

»O Herr Wisselmann – Sie können noch darüber scherzen?« empört sich Dietmars Mutter. »Mein Mann und ich, wir sind außer uns über Dietmars Unverschämtheit. Der kann was erleben!«

»Ich glaube, es wird am besten sein, wenn die Mütter alles unter sich ausmachen«, meint Lehrer Wisselmann diplomatisch und ruft seine Frau an den Apparat.

»Also, mir verschlägt es die Sprache!« donnert Frau Piepenbrink wieder los. »Ihnen so einfach über Weihnachten ins Haus zu schneien – na, das ist denn doch die Höhe! Ich bitte tausendmal um Entschuldigung. Alle Auslagen werden wir Ihnen natürlich ersetzen.«

»Es ist nicht ganz so, wie Sie denken, Frau Piepenbrink«, erklärt Frau Wisselmann. »Dietmar ist uns nicht unangemeldet ins Haus geschneit. Er hat vorher höflich angefragt, ob er die Feiertage bei uns verleben dürfe. Wir nahmen natürlich an, daß er Ihre Erlaubnis eingeholt hätte. Daß dem nicht so war, haben wir erst jetzt erfahren. Trotzdem ist uns Dietmar ein lieber Weihnachtsgast – etwas ungewöhnlich, aber immer kurzweilig und amüsant. Beim Frühstück hat er uns schon sehr erheitert.«

»Das freut mich«, murmelt Frau Piepenbrink. Dann ist es einen Augenblick still in der Leitung, ehe sie zögernd fortfährt: »Frau Wisselmann – halten Sie es nicht für richtig – daß man – zu Weihnachten verreist? Ich meine, wenn Kinder da sind?«

»Das kommt auf die Kinder an«, erwidert Frau Wisselmann bedächtig. »Meinen würde es nicht gefallen. Die sind Weihnachten am liebsten daheim.«

»Vielen Dank für alles, Frau Wisselmann. Wir stehen tief in Ihrer Schuld. Ich werde mir noch einmal alles durch den Kopf gehen lassen. Vielleicht reisen wir im nächsten Jahr später in den Winterurlaub, damit wir erst noch daheim mit den Kindern Weihnachten feiern können.«

Der Heilige Abend

Noch zwei Weihnachtsgäste?

Spätestens am Heiligen Abend merkt Hartmut, daß seine Sorgen und Befürchtungen unberechtigt gewesen sind. An einem solchen Tag voll leider oft hektischer Geschäftigkeit ist ein Mensch, der sich nicht aus der Ruhe bringen läßt, wie eine Oase in der Wüste. Dietmar hat Zeit für jeden und taucht überall dort auf, wo man seinen Rat braucht. Er hat nämlich einen guten Geschmack, und so berät er Vater Wisselmann beim Schmücken des Weihnachtsbaumes, Hella beim Verzieren der Weihnachtstorte, Hanneli beim Verpacken ihrer Weihnachtsgeschenke und Hartmut beim Ausschmükken der Diele.

Mitten am Vormittag trifft dann noch Heiko Brettschneider ein. Frau Wisselmann hatte ihn bestellt. Sie wollte ihm vorbereitetes Essen mitgeben für die Feiertage sowie Kostproben vom Weihnachtskuchen. Gerade hat sie all ihre Sachen in einen Korb gepackt, als schon wieder an der Haustür geschellt wird.

Hanneli waltet ihres Amtes und stürzt hinaus. Zwei kleine Gestalten stehen Hand in Hand draußen vor der Tür. Du liebe Zeit – das sind ja Wiltrud und Mario Westphal! Was wollen die denn hier im Wisselnest?

»Ihr habt doch gesagt, euer Haus sei ein ›Haus der offenen Tür‹«, erklärt Wiltrud. »Darum sind wir zu euch gekommen. Können wir über Weihnachten bei euch bleiben?«

»Über Weihnachten? Bei uns? Ich verstehe kein Wort«, stammelt Hanneli verwirrt. »Kommt bitte mit in die Küche! Dort ist meine Mutter. Vielleicht begreift sie

eher, was mit euch los ist. Soviel ich weiß, habt ihr doch eine Großmutter, bei der ihr wohnt.«

Wiltrud hält ihr Brüderchen fest an der Hand und schleppt den verängstigten kleinen Kerl mit Gewalt in die fremde Küche. Hier betet sie ihr Sprüchlein sogleich wieder herunter.

Frau Wisselmann zwingt sich zur Ruhe, denn diese Störung ist ja nun wirklich ganz unerwartet hereingebrochen. »Setzt euch, Kinder«, fordert sie die kleinen Weihnachtsgäste auf. »Du brauchst keine Angst zu haben, mein Junge. Hier tut dir niemand was.«

Dietmar, der Frau Wisselmann geholfen hatte, den Korb für Heiko zu packen, fragt: »Wo ist denn eure Großmutter? Sie ist doch nicht etwa krank oder zum Wintersport gefahren?«

Wiltrud schüttelt den Kopf. »Nein, ist sie nicht. Sie hat bloß Besuch bekommen über Weihnachten. Es ist ihr Sohn, unser Papa. Der hat uns als Weihnachtsgeschenk seine neue Frau mitgebracht. Mein Bruder Mario will aber keine Stiefmutter haben.«

»Du wahrscheinlich auch nicht«, vermutet Frau Wisselmann.

»Kennst du sie denn schon? Vielleicht ist sie nett«, meint Hanneli hoffnungsvoll.

»Sie ist eine Stiefmutter«, wiederholt Wiltrud, »und die wollen wir nicht.«

»Da seid ihr aber schön dumm«, mischt sich hier völlig unerwartet Heiko Brettschneider ins Gespräch. »Ihr solltet froh sein, wenn ihr wieder eine Mutter bekommt. Obwohl ich schon 16 und also bald erwachsen bin, hätte ich gern wieder eine Mutter, die für uns sorgt, die einfach für uns da ist. Und wenn du wirklich keine Mutter brauchst, Wiltrud, so braucht doch dein Bruder eine, denn er ist noch so klein. Und dein Vater braucht wieder eine Frau, das weiß ich ganz genau. Auch mein Vater würde dringend eine brauchen.«

Draußen hat ein Auto angehalten, und nun klingelt es schon wieder. Vor der Tür stehen vier Erwachsene. Hanneli kennt nur eine davon. Das ist Frau Röder, die Mutter von Gerhard und Andy. Sie fragt sofort: »Sind Wiltrud und Mario hier, Hanneli?«

Das jüngste Wisselmännchen bejaht und will die neuen Gäste ins Wohnzimmer führen, doch die alte Frau Westphal hört Stimmen in der Küche und steuert direkt darauf zu, wie ein Schiff, das den Hafen anläuft. Ihr folgt Vater Westphal, Arm in Arm mit seiner neuen Frau. »Da sind ja unsere Ausreißer!« ruft er.

Mario duckt sich ängstlich und verstört. Da tritt die neue Mutter auf ihn zu und lächelt ihn an. Sie hat braune Locken und fröhliche braune Augen. »Komm her, mein armer Kleiner!« fordert sie ihn freundlich auf und breitet die Arme aus. »Komm zu deiner Mammi, die dich liebhat und dich immer beschützen wird!«

Da stößt der verängstigte kleine Junge einen Laut aus, der wie ein wildes Schluchzen klingt und stürzt sich in die Arme seiner neuen Mutter, die sich fest um ihn schließen, als wollten sie ihn nie mehr loslassen.

Wiltrud wird abwechselnd blaß und rot, sie schüttelt ihre Haare zurück, und ihre grünen Augen funkeln.

»Folg dem Beispiel deines Bruders!« ermahnt sie der Vater. »Geh und begrüße auch du deine neue Mutter, die sehr gut zu uns dreien sein wird und wieder Leben und Freude in unser ödes Heim bringt.«

»Nein, niemals!« weigert sich Wiltrud. »Sie ist nicht meine Mutter. Meine Mutter ist tot. Ich will keine Stiefmutter haben!«

»Ja, dann wirst du wohl allein bei der Großmutter bleiben müssen«, versetzt Herr Westphal mit Nachdruck. »Ich werde niemals dulden, daß du frech bist zu meiner Frau. Bilde dir nicht ein, daß du sie tyrannisieren darfst, wie du deinen Bruder tyrannisiert hast!«

Das ist zuviel! Hat sie denn nicht alles für ihren kleinen Bruder getan? Wie kann der Vater nur behaupten, sie hätte ihn tyrannisiert! Mit einem Aufschrei, wie ein zu Tode getroffenes Tier ihn ausstößt, fällt sie ihrer Großmutter um den Hals.

»Ich muß um Verzeihung bitten für das schlechte Benehmen meiner Tochter – noch dazu am Heiligen Abend«, erklärt Herr Westphal. »Sie hat den Tod ihrer geliebten Mutter nicht verwinden können und ist ein tief unglückliches Mädchen. Aber da sie sehr an ihrem Bruder hängt, bin ich sicher, daß sie eines Tages zu uns zurückkehren wird. Und nun dürfen wir uns verabschieden und wünschen allerseits ein frohes Weihnachtsfest!«

Hanneli läuft ans Fenster. »Schau, Dietmar, da fahren sie ab! Das Auto ist aber ganz schön vollgepackt mit seinen sechs Personen. – Glaubst du wirklich, daß Wiltrud in ihr Elternhaus zurückgehen wird?«

»Ich denke schon. Eigentlich schade. Sie war ja in meiner Klasse und brachte immer Leben in die Bude.«

»Den kleinen Mario mochte ich auch gern. Wir haben so schön mit ihm gespielt, Andy und ich.«

»Spielst du gern, Hanneli? Ich könnte dich Schach spielen lehren. Man nennt es das ›königliche Spiel‹.«

»Au ja!« freut sich Hanneli. Ihr kleines Herz klopft laut vor Glück, fast zum Zerspringen. Nun ist das Weihnachtsfest wieder da mit all seinen Freuden. Sie kann nicht anders, sie muß laut anfangen zu singen:

»O du fröhliche, o du selige, gnadenbringende Weihnachtszeit! Welt ging verloren, Christ ist geboren. Freue, freue dich, o Christenheit!«